Abschiedsfarben

Bernhard Schlink

別れの色彩

ベルンハルト・シュリンク

松永美穂 訳

CREST BOOKS
Shinchosha

目　次

Abschiedsfarben
by
Bernhard Schlink

By arrangement through Meike Marx Literary Agency, Japan

Sculpture, Painting & Photograph by Maeda Masayoshi
Design by Shinchosha Book Design Division

別れの色彩

人工知能

Künstliche Intelligenz

1

みんな死んでしまった——ぼくが愛した女たち、友人たち、兄、姉、そして言うまでもなく両親や、おじ、おばたちも。ぼくは彼らの葬儀に出かけていった。数十年前には上の世代の人々が亡くなったので、葬儀はしばしば行われたが、その後少なくなり、最近、また増えてきた。今度はぼくの世代の人々が亡くなっているのだ。

葬儀というものは死者に別れを告げる助けになる、とぼくは長いあいだ考えていた。別れは必要だ。誰かが死んだことを知ると落ち着かない気持ちになるが、別れを告げることで死者は安息を見出し、自分自身も落ち着くのだ、と。しかし、葬儀は必ずしも助けにならなかった。葬儀は遺族に対して、死者が持っていた価値を保証し、遺族もその価値づけに少々関与する。そして葬儀は参列者に、自分が二時間か三時間を犠牲にして参加する儀式の品格を保証する。葬儀において人は見たり見られたりしながら、死者に最後の敬意を表し、遺族にお悔やみを述べるが、葬儀が参列者にも少しばかりの品格を与えることになる。だが、別れを告げる助けになるかどうかについては——葬儀は実は役に立たないのだ。

臨終の場面に立ち会うことは、別れを告げる助けになる。死んだけれどもまだベッドに横たわっており、葬儀屋の手が加わっていない父の遺体と対面したときも、そうだった。人々は父の目と口を閉じさせておらず、父が死の恐怖に怯えたように両目を見開き歯を剝き出している様子は、ぼくの心に焼きついた。父は死んでいた。清められ、棺に入れられて、血肉よりもむしろプラスチックでできているような姿になったときでさえ、彼の死の事実は明確に伝わってきて、別れを告げなければいけない、とぼくに自覚させた。

しかし、自覚だけではまだ別離が完了したことにはならない。別れさせてくれるのは時間だけだ。そして、奇妙なことに、その人が死ぬ前の期間にあまり関わりを持たなかった場合ほど、別離には長く時間がかかり、その人との関わりが多ければ多いほど、別離はすばやく終わる。ぼくは隣人と少しばかり親交があった。ときには一杯のワインを飲むために互いを招待することもあった。夏には彼の家のバルコニーで、冬にはぼくの家の暖炉のそばで。ぼくたちは毎朝、同じ時間に家を出た。彼はパン屋に行き、ぼくはキオスクで新聞を買うのだ。そのため、ほぼ毎日、階段の踊り場で顔を合わせた。彼が亡くなったとき、ぼくは数日後には、彼は死んだのであって、もう出会うことも招待し合うこともなくなったのだと実感した。ぼくは彼に別れを告げ、まだ悲しくはあったが、それは穏やかな悲しみだった——完了した別離のあとの心の痛み、別れの悲しみだ。

離婚した元妻が亡くなったときは、まったく違っていた。彼女は再婚相手と一緒にチェコに移住しており、夫が死んでからもそこにとどまっていた。ぼくたちは離婚後も仲は悪くなく、年に二回ずつ再会していた。春にはチェコで、秋にはドイツで。彼女が亡くなったあとも、ぼくは長いこと、まだ彼女が生きていて、ただ遠く離れているだけのような気がしていた。彼女はぼくがチェコを訪問してまだ間もない四月に亡くなったので、その後の数か月、ぼくの生活はその前の歳月と何も変わらず、彼女の不在もいつもと同じだった。くりかえし彼女のことを思い、一緒に体験したことや彼女が言ったりやったりしたことを思い出し、十月に彼女が来たらこれを話そうと考え、頭のなかではすでに一度、それを彼女に語ったりもしていた。そんなとき、彼女の姿はとてもはっきりと眼前に浮かんできたので、もう死んでいるのだという認識は抽象的な、ぼんやりしたものにとどまってしまった。彼女に別れを告げなければいけないとぼくが理解したのは冬だった。そして、はっきりと別れを告げられたのは、翌年四月だった。長い別れのあと、ぼくはまだ長いあいだ、悲しみを感じていた――実際のところ、悲しみはまだ続いているし、完全に終わることもないと思う。

2

友人のアンドレアスに別れを告げたいとは、ぼくはまったく思っていなかった。彼が死ぬ前の数年間、ぼくたちは間隔をあけてたまに会う程度だった。アンドレアスは引退後、息子のトーマスがいるバイエルン地方に小さな住居を構えていたが、ぼくはベルリンにとどまったのだ。あるときはバイエルンで一緒に山歩きをし、あるときはベルリンで、集中的にコンサートやオペラに行ったりもした。ときには中間地点で会うこともあった。たとえばカッセルの「ドクメンタ」（五年に一度開かれる、大規模な現代美術展）に行ったり、バイロイト音楽祭に行ったりもした。一緒に過ごす日々はいつも楽しかったし、生き生きとした親密な時間だった。ぼくたちは幼馴染みだったのだ。

アンドレアスの死後も、ぼくの生活のなかでその存在は変わらず、以前と同じだった。ぼくは彼とも、心のなかで対話した。まるで、この次に会うまでの時間を架橋するためだけのように。彼が生きているときには、この友情に突然問題が生じるかもしれないという不安があったのに対し、死んだアンドレアスとの対話は屈託のないものだった。ぼくはサプライズや発見や暴露の心配をしなくてすんだ。ぼくたちはまた子どものころに戻ったようで、こうした無邪気な状態のまま友情が続いていけばいいと思っていた。

彼が生きていたころの友情が、なんらかの暴露で簡単に壊れてしまう性質のものだったわけではない。あのころ自分がしたことを、ぼくは残念に思っているし、恥ずかしくさえ感じている。でも、恥じる必要はないのかもしれない——ぼくがしたのは人間的なことだったから。でもやはり、あんなことはしない方がよかったと思っている。アンドレアスはぼくの気持ちを理解して、赦してくれたかもしれない。ひょっとしたら、赦すことなんて何もない、と言ってくれたかもしれない。多くのことがらは人生において不幸な起こり方をする、きみだって俺と同じく、ただの犠牲者なんだ、と。実際、アンドレアスならきっとそう言ってくれただろうと確信しているし、彼ならぼくの肩に腕を回してくれただろう。そして、もし歩いているときであれば、そうやって肩に腕を回したまま、しばらく沈黙して歩き続けただろう。それから彼は笑っただろう。アンドレアスらしい、事情を心得た親切な笑い方で。それからぼくたちは、何か別の話題について話しただろう。

暴露を恐れる理由なんてなかったのに、なぜぼくは不安だったのだろう？　それに、あの当時何があったかを、自分でアンドレアスに伝えるのが一番簡単だったのではないだろうか？　ぼくは何度も、そうしようとした。でも彼と一緒になると、その話はあまりに遠い過去のことで、自分たちのいまの雰囲気や会話に合わないと思われたし、なぜいまそんな話を始めるのか、正しい理由づけもできない気がした。直近の再会ではその話は持ち出さなかった。でも、次の再会で話すことだってできる——それなら、なぜいま話すのか？　そんなことを考えながら、何年もが過ぎていった。抱く必要のない不安を自分がなぜ抱き続けたのか、わからない。もしかしたらアンドレアスが理解しない可能性もあったから？　だが、なぜ当時あんなことになったのか、ぼくにはわかっているし、アンドレアスはこれまで、ぼくにわかることはなんでも理解してくれた。

いかなる理由だったにせよ——ぼくは不安だったし、彼が死んだあと、もう不安を抱く必要がないのでほっとした。ぼくは死後の生を信じていないし、アンドレアスが地上で耳にしなかったことは、天国や地獄でも耳にしないだろうと思っている。ぼくたちの友情は生き続けた。彼の生前、その友情がぼくたちの頭のなかや、一緒にいた時間のなかで生きていたのだとすれば、彼の死後もまた、友情はぼくの頭のなかで、もう何の不安もなく生き続けるのだ。アンドレアスの死はぼくにとって不穏なものではなく、心を落ち着かせるものだった。それならなぜ、わざわざ彼に別れを告げる必要があっただろう？

3

いや、ぼくたちの友情は、ぼくの頭のなかだけで生き続けたのではなかった。ぼくはアンドレアスの娘のレーナを生まれた直後から知っているし、成長する様子も見てきて、いい子だなと思っていた。アンドレアスの妻のパウラが早くに亡くなってしまったときには、アンドレアスとトーマスとレーナを訪問したし、アンドレアスがバイエルンからベルリンに来た際には、ベルリンに残っていたレーナが合流するのもいつものことだった。アンドレアスとぼくが散歩したあと、レーナも来て一緒に夕食をとったり、レーナも交えて散歩したあとにアンドレアスとぼくが残ったりした。アンドレアスの死後も、ぼくとレーナはときおり夕食をともにしたり、コンサートに行ったり、散歩に行ったりした。最初のころ、電話するのはぼくの方だったが、まもなく彼女の方からぼくに電話するようになった。ぼくとレーナが一緒にいるときには、アンドレアスも少しそこにいるような気がしたし、友情も生き続けていた。不安なく、無邪気に、守られて。

　だがそれは、レーナが旧東ドイツの国家公安局の書類が保管されている場所で、アンドレアスの書類を見てみよう、と思いつくまでの話だった。そんなことはやめるように、ぼくは彼女を説得した。かつて秘密警察《シュタージ》で働いていた信用ならない人々のことは、雑誌や新聞で読んだだろう？　書類がいい加減だって話も聞いたじゃないか？　秘密警察の指導部は自分たちを有能に見せたがっていたし、スパイやスパイされた人々に、実際は言ってもやってもいないことを書類上では言ったりやったりさせていたんだよ？　書類を見たあとで告訴が起き、裁判も行われたけれど、それは何の結果ももたらさず、人間関係を壊しただけだったんだよ？　それに、これは特に考えてほしいんだけれど、アンドレアスだって自分の書類を見ようと思えば見られたはずなのに、見なかったんだ。彼の気持ちを尊重すべきなんじゃないかな？

　だが、ぼくの疑問や懇願などは、彼女の決心を強めただけだった。今日の人々が抱く、犠牲者だったという立場を主張したい気持ちというのは、奇妙なものだ。まるでそれが名誉ある称号か、特別な業績ででもあるかのようだ。何も成し遂げなかった人々は、せめて犠牲者であろうとする。犠牲者だった人は、悪のもとで苦しんだのだから、自ら悪いことをしたはずはない、という話になるのだ。犠牲者だった人に対しては他の人間が罪人となり、犠牲者自身は無罪に違いないのだ。レーナは人生において、たいしたことを成し遂げていなかった。自分自身が犠牲者になれなければ、せめて犠牲者の娘であろうとしたのだった。「わたしの父は政治的信念のために刑務所に入れられ、釈放後、数学者として仕事を続けることはできたものの、常に秘密警察の監視下におかれていた」という説明は、同情を集めるのに好都合だろう。

　ぼくは、アンドレアスの書類を見るのはレーナにとって不可能だろうと考えることで、自分を落ち着かせることにした。死んだ人の書類というのは、原則として閲覧不可能だ。子どもであれば例外的に閲覧はできるが、その書類によって東ドイツ時代に起こったできごとや当時の措置について再検討したいのだということを、充分な根拠とともに示さなくてはならない。正当な利害関係があるということを示さなければならないのだ。でもレーナに、どんな理由があるというのだろう？

　アンドレアスは、ぼくと同じく数学者だった。ベルリンの壁が建設されたあと、彼は西ドイツに逃亡しようとしたが、捕らえられ、有罪判決を受けた。しかし、四年間を刑務所で過ごし、一年間工場で働いたのち、科学アカデミーに職を得た。天才的な数学者だったので、排除するわけにはいかなかったのだ。ぼくたちは二人とも一九六〇年代の東ドイツで、総合情報科学《サイバネティクス》と情報工学の分野においては若きスターだった。この分野において東ドイツが成し遂げた研究や業績は、ぼくたちのおかげだと言える。西に逃亡しようとしたせいで、アンドレアスは新しくできた総合情報科学研究所の所長になることができず、ぼくがその任を務めた。しかし、彼が研究所に来てからは、ぼくはさまざまな点で便宜を図ってやったし、所長のポストは閉ざされていたものの、もともと彼はそうした指導的地位に向いていなかったと思う。刑務所と工場での歳月を経て、彼は物静かな人間になった。もはや計画的・創造的なビジョンは持たず、ひたすら静かに研究に邁《まい》進《しん》したがっていた。それらの研究は群を抜いてすばらしいものだった。東ドイツではどっちみち数人の共著者名でしか論文を発表できず、研究所ではそれらは彼とぼくの名前で出版されたのだが、その成果のおかげで研究所は、外国でも一定の評価を得ることができた。

東ドイツ時代のどのようなできごとや措置を、レーナはアンドレアスの書類によって再検討できるのだろう？　それに関する彼女の正当な利害関係はどのようなものなのだろう？

書類を見たいという申請は、やはり却下された。しかし、彼女は諦めなかった。レーナは同世代の多くの人々同様、大学で歴史と哲学を専攻した。そして、やはり多くの人々同様、東ドイツ出身という事情もあって、なかなか正規の職に就けず、かつかつの状態でプロジェクトからプロジェクトへと渡り歩いて生活していた。半年間ハーフタイムというポストがあったり、三か月間でフルタイムの四分の一というポストがあったりという具合で、気の毒な状態だった。彼女は自分自身のプロジェクトを作りたいと思っていた。東ドイツにおける総合情報科学と情報工学の始まりに関する、科学史的研究プロジェクト。そうすれば、父親の書類にも到達できるだろうと考えていた。数学者としての才能はないがほらを吹くのはうまい一人の同僚と一緒に、彼女はある財団に助成金を申請した。このプロジェクトはまさに、総合情報科学と情報工学の東ドイツにおける政治的役割、そして創立者たちの政治的な意図をも探ろうとするもので、とりわけまだ生きている創立者たち、特にぼくへのインタビューを行うことと亡くなった人々の書類を検証することをその骨子としていた。財団への申請を行う前に、レーナはぼくにきちんと礼儀正しく、助成金が出たらインタビューさせてもらえるか、そして申請書でぼくの名前を出してもいいかどうか、尋ねてきた。

4

ぼくたちは取り決めをした。レーナが父親への敬意に基づいて書類閲覧をやめるという条件のもとで、ぼくは協力を約束したのだ。彼女はためらったが、最終的には同意した。ぼくとのインタビューの方が、アンドレアスの書類を見るよりも多くの情報を与えてくれると考えたのだ。

ぼくは嬉しかった。これでアンドレアスを救い、ぼくの友情も救われたのだ。友情のイメージを曇らせるようなものは何もないだろう。ぼくがしたことは、これまで通りのものにとどまるだろう。つまり、理解可能で、許されること、小さな過失、友情の回り道に。

それに、ぼくがしたことが一体何だったというのだろう！　アンドレアスは西ドイツに行っても幸せにはなれなかっただろう。彼は情の深い、思いやりがあって家庭的な人間だった。栄光や金ではなく家族と友人を大切にする、控えめな東ドイツでの生活にぴったりな男だったのだ。東ドイツでは家と週末用別荘、大胆な内容の本と異端めいた映画、劇場やコンサートに行く夕べ、といったものが重視されていた。そして、パウラがいた！　アンドレアスとパウラは、彼の逃亡計画の直前に知り合っていた。彼らが互いにとって運命の人であることを、当時のぼくはまだ気づいていなかったが、彼らはまさに運命のカップルだったのだ。彼が刑務所から釈放されて数週間後に彼らは結婚し、それはぼくが知るなかで最も愛情と喜びに満ちた結婚生活になった。ぼくはあの結婚式をけっして忘れないだろう。光り輝く夏の日曜日、急な結婚式と不確実な未来に心配そうな両親たち、鋲《びょう》を打ったジーンズやペチコートを身につけた、パウラの陽気な学友たち。アンドレアスの工場の同僚が二人来ていたが、黒いスーツを着て落ち着いた様子だった。ブロンドの髪を巻毛にして見事に膨らませた彼らの妻たち。「赤ずきん」ブランドの甘いスパークリングワイン、それからソーセージ入りのロシア風サラダにビール。すべてがいい感じで、ぼくたちは人生とも国家とも和解していた。ぼくは結婚式の証人を務めた。

いや、アンドレアスは西では幸せにならなかっただろう。そして、逃亡が失敗したのは、彼にとっては祝福だったのだ。もちろん、彼が自ら逃亡を諦めていれば、その方がよかっただろう。彼は法廷で、自分はすでに逃亡を諦めて準備を中断したのだが、その痕跡をまだ片付けていなかったのだ、と述べた。しかし、警察が発見した彼の日記帳には、逃亡への憧れや準備のことが多く記されており、中断のことは書かれていなかったため、法廷は彼の主張を信じなかった。まもなく研究所が設立され、所長になる可能性もあったので、東にとどまる理由は充分にあった、という事実も彼の助けにはならなかった。彼自身はそのことを知らなかったのだ。ぼくも知るはずのない事実だったが、ぼくの恋人がアカデミー会長の秘書をしていたので、たまたま耳に入ったのだった。そのことについては、ぼくは話したくない。ぼくが何もしなくても逃亡が失敗したのだったら、その方が良かっただろう。もし誰か別の人間が警察に、水上バイクのことを伝えていたのだったら。アンドレアスはその水上バイクを、バルト海を越えて逃亡するためにガレージで自ら製作したのだった。ぼくは匿名で通報したし、アンドレアスから疑いの目を向けられることはなかった。ぼく自身、水上バイクを偶然目にしただけであり、他の誰かがそれを見ることだってあり得ただろう。ガレージのドアの電子錠が落雷で焼け落ち、ガレージが半日のあいだ、開けっ放しの状態になっていたのだから。

アンドレアスが実際に東ドイツにとどまろうとしたのかどうか、ぼくにはわからない。ぼくがそれについて尋ねたときには、すべては終わっていたし、彼はただ肩をすくめ、「いまさら何の話だよ」と言っただけだった。ぼくが警察を巻き込んだのは、アンドレアス自身のために、東にとどめておきたかったからであり、友人を失いたくなかったからだった。ぼくはできるかぎり頻繁に、刑務所に面会に行ったし、それができる立場になったらすぐに、彼を研究所に呼び寄せた。アンドレアスには頑《かたく》なところがあったが、ぼくは彼が研究所でトラブルを起こすたびに、彼を守ろうとした。もしぼくが彼に対して罪を犯したというなら、その何倍もよいことをして、罪を償ったのだと思う。

ぼくの名前が彼の書類に記載されているかどうかさえ、わからない。同僚として名前が出てくるのは当然だし、もし秘密警察の非公式協力者が彼についていたとしたら、ぼくのことや、ぼくたちの友情についても報告していたはずだ。だが、匿名の通報者がぼくである、と認識された兆候を感じたことはなかった。ひょっとしたらレーナが書類を見ることを恐れる必要はないのかもしれない。ぼくが研究所長に任命される際、党の書記長が、階級闘争においても信頼に足るぼくの資質がちょうど納得のいく形で示された、などとスピーチしないでくれればよかったのに。

5

レーナのプロジェクトは承認され、彼女はインタビューを始めた。東ドイツにおける総合情報科学と情報工学の始まりについて彼女に語るのは、予想していたよりもずっと楽しかった。東西ドイツの再統一後、ぼくの研究所は清算されてしまった。それはまるで、東ドイツにおける電子的発展に貢献してきたぼくの人生が、東ドイツの消滅とともに無価値になってしまったかのような感覚だった。インタビューを受けるうちに、自分たちが乏しい手段を使って了見の狭い当局にどれほど抵抗してきたか、あらためて自覚できるようになってきた。ぼくは自分の仕事に誇りを持つことができた。

ぼくは、研究所の清算と同時に首を切られた。アンドレアスと他の同僚たちはその後数年のあいだ他の国立研究所で勤務し、通常よりも早く年金生活に送り込まれた。ぼくの場合は指導的役割を果たしていたことで、権力に近い場所にいたと想定されてしまい、国立研究所に勤める道は閉ざされてしまった。そのため、ぼくはＩＴコンサルタントとして独立し、成功を収めた。いまでは年金生活を快適に過ごせるだけのものを蓄えている。ぼくはアンドレアスを自分の会社に迎えたいと思った。でも、残酷な資本主義の競争社会は、彼には向いていなかっただろう。

ぼくたちの最高の時代は、一九六〇年代だった。ベルリンの壁の建設後、東がもっと自由に、文化的にオープンになり、学問や技術の刷新に関してはより柔軟な時代が来るのではないかという東の間の希望があった。ぼくはアメリカのシリコンバレーについての本を読んだばかりだったが、シリコンバレーの家々のガレージで行われていた実験の、興隆の気運に似たものは、ぼくたちのところにもあった。ぼくたちは、計画の立て方自体を革命化し、社会主義が資本主義を超えられるようにできると考えていた。資本主義に追いつくことなく追い越す――ウルブリヒト国家評議会議長のこのスローガンは巷《ちまた》で嘲笑されていたが、ぼくたちにとってはそれは奇妙な言い草ではなく、予言的に思われたのだ。

ぼくは計画立案や組織作り、技術的な立ち遅れや会計上の欠乏、人事などの問題に関して多くの仕事をした。研究所の第一世代の職員を、ぼくは自ら全国で探し回った。学校で、大学で、企業で。そして誰かが国民軍の兵士だったり建設担当部隊の一員だったりする場合には、その人を研究所に迎えられるまで、引く手を緩めなかった。アンドレアスとぼくは化学結合に関する分析という独自のプロジェクトを担当していて、当初はコンピュータを援用していたが、後にはコンピュータが自立して計算するようになった。ぼくたちはコンピュータの傍らで働きながら、多くの昼と夜を過ごした。党書記が介入するまで。党書記はぼくたちに、ソ連の総合情報科学と情報工学を手本にすべきだ、と言い出した。もっと産業界と一緒に、産業界のために研究すべきなんだ、と。

ぼくたちはこっそりとプロジェクトを続け、一九七〇年代にはアメリカの刊行物を読んで、アメリカ人も同様のプロジェクトを行っていること、そしてぼくたちよりも進んでいるわけではないことに気がついた。ただアメリカ人には予算がふんだんにあったし、より規模の大きい計算機があった。それだけで、ぼくたちを絶望的に後方に追いやるには充分だった。

アンドレアスとぼくが、一緒に泥酔してこのプロジェクトを墓場に追いやった日のことを、ぼくはまだ覚えている。クリスマスのあとの木曜日で、ソ連はアフガニスタンに侵攻し、天候は穏やかで、ぼくたちは「共和国宮殿」（旧東ドイツで国会議事堂として使われていた建物）で食事をしたあと、一瓶の蒸留酒とともにモンビジュー公園のベンチに座っていた。やがてパトロールの警察官が来て、ぼくたちを脅し、家に帰らせた。ぼくたちは誇り高く、憤慨し、冷笑的で、意気消沈し、落ち込んでいて悲しかった。互いに強い感情で結ばれていた。夢が潰《つい》えようとも、総合情報科学と情報工学の未来がどんなに困難であろうとも、この国での生活がどんなに狭苦しくちっぽけであろうとも——ぼくたちは仲間だった。

6

レーナによるインタビューは、ぼくの自宅で行われた。レーナが四時半に来て、インタビューは七時半まで続いた。季節は秋で、インタビューが回を追うごとに、少しずつ日没が早くなっていった。インタビューのあと、ぼくたちは一緒に夕食を食べた。ときにはぼくが料理をし、ときには近所のレストランに行った。ぼくはレーナに惜しみなく協力した。すべての情報を与え、かつての研究所員を捜し出す手伝いをし、夕食代は自分で支払った。ぼくは彼女を信用していた。しかしあるとき、「あなたに言わなくちゃいけないことがあるの。気を悪くしないって約束してね！」と彼女が言い出した。

ぼくたちはコーヒーとアップルワインを前に座っていた。二人とも陽気な気分だったし、彼女が何か悪いことを言うなんて想像できなかったので、ぼくはうなずいた。

レーナは椅子にまっすぐ座り直し、挑戦するようにぼくを見つめ、唇を舐めた。彼女は美人ではなかった。もし若いうちから世間に対して拒絶的に、不信感を持って接することがなければ、美人であったのかもしれない。そしていま、口の周りに不機嫌そうな影がなければ。ひょっとしたら、早くに母親を亡くしたことで、そうなってしまったのかもしれない。ぼくは彼女を気の毒に思った。本来なら、彼女の顔は美しくあるためのすべてを備えていた。広い額、青い目、薄すぎず大きすぎない唇と、彼女に少しスラブ的な、あるいはモンゴル的な興味深い雰囲気を与えている頬骨。いずれにしても、彼女が集中し、キッパリと粘り強く何かに関わろうとするときには、不機嫌そうな影は消えるのだった。いま、その影は消えていた。

「わたし、秘密警察の資料がある連邦保管所に行ってきたの。父の書類の閲覧を申し込んだのではなく、東ドイツにおける総合情報科学と情報工学の出発点に関する書類の閲覧を申請したのよ。研究プロジェクトの場合はそうするものなの。個人についての書類ではなくて、テーマについての書類。でも、父の書類がそのなかに入っていると聞いたの。そして、あなたの書類もね」

彼女はぼくの裏をかいたのだ。彼女はそれを自覚していたし、ぼくがそれをわかっていることも知っていた。関連する書類の閲覧を申し込んだだけであって、アンドレアスの書類の閲覧ではないにせよ——彼女はそうすることで、ぼくたちの取り決めに違反したことも自覚していた。何を閲覧したくて何をしたくないか、はっきりさせることもできただろうに。それがいままではぼくの書類まで手にしているなんて！

ぼくは彼女を見つめ、彼女の顔のなかの決意と、やったぞというような勝ち誇った表情を見た。何をやったというのだ？　ようやく父親の書類に到達すること？　ようやく犠牲者の娘になるということ？　ぼくの裏をかくこと？　だが、ぼくが彼女に何をしたというのだろう？　これはどういう復讐なのだろう？　どうしてぼくの裏をかき、ぼくをだますことが、彼女をこんなに嬉しそうにするのだろう？

「なんで？」

「だからいま、説明したでしょ。研究プロジェクトの場合には関連する資料を取り寄せると決まってるのよ。出されてきたものは、見ないわけにはいかない。せっかく手に入った資料を、一瞥《いちべつ》もせずに返すことはできない。そんなことしたら、真面目な研究とは言えないし」

「ぼくが言ってる意味はわかってるだろう。なぜなんだ？」

ウェイトレスがぼくたちのテーブルのそばを通り過ぎたせいで、レーナの顔に影がさしたのかもしれない。彼女はあいかわらずきっぱりとした目でぼくを見つめていたが、なんだか居心地悪そうにしているようにも思えた。彼女は肩をすくめた。

「なんでそんなに興奮するの？　誰にも迷惑はかけていないでしょ。あなたは秘密警察の書類が好きじゃないけど、それが手に入った以上は、利用するべきなのよ」

「取り決めをしたはずだよね」

彼女は顔を赤らめ、声を大きくした。「あなたに圧力をかけられたりなんかしない。想像していたのと違う結果になるなんて、よくあることよ。あなたは二つに一つと言ったけれど、わたしはインタビューと資料、両方とも必要なの。研究者としてちゃんと評価されたいし、成功してポストを手に入れたい。このプロジェクトは最後のチャンスなの。あなたは失うものはないんだし、そんな態度はやめて、圧力をかけたりしないで」

ぼくが彼女に何かしたわけではない。これは復讐ではなかった。彼女はぼくを必要とし、利用したのだ。ぼくが彼女を好きなように、彼女もぼくのことが好きなのかもしれない。彼女の邪魔をすることは許されない。

「そういうことなのか」ぼくはレストランのなかを見回した。慣れ親しんだ環境がもはや馴染みのないものに変わり、この店のお得意さんとして見知っていた客が、未知の人間のように思えた。支払いの際にはいつも冗談を言い合う仲のウェイトレスも、黙ってやってきて、黙って去っていった。まるで麻酔にかかったような状態でぼくは立ち上がり、いつもそうしているようにレーナとレストランを出て最寄りの停留所まで行った。

「いつ書類を取りに行くんだい？」

「明日よ」

ぼくたちは立ったまま、待っていた。それからバスが来て、レーナはぼくを抱きしめた。「また電話するから」

彼女はぼくに、どんなことを言ってくるのだろう？

7

ぼくはよく眠れなかった。いや、ぜんぜん眠れなかった。アンドレアスの書類やぼくの書類には、何が書かれているのだろう？　何が記載され得ただろう？　匿名の通報者がぼくだということまで、秘密警察は追跡できたのだろうか？　ぼくは東ドイツには何千台もあった「エーリカ」

というタイプライターで密告書を書いた。ぼくは博士論文もそのタイプライターで書いたが、連中はそのことで、ぼくのタイプライターの文字だと同定できただろうか？　どうしてぼくはこれまで、自分の書類を閲覧することを思いつかなかったのだろう？　アンドレアスの書類に何かが書かれているなら、ぼくの書類にも書かれているはずだ。レーナがアンドレアスの書類を閲覧するというアイデアを口にしたときに、ただちに自分の書類を見ておくべきだったのだ。自分はなんてぼうっとしていたのだろう。

思い浮かぶ疑問は多くはなく、それらの疑問に答えるすべもないということが、すぐに明らかになった。だが、頭のなかで音楽の断片がぐるぐる回るときのように、ぼくはそれらの疑問から逃れることはできなかった。書類には何が書かれていたのだろう？　ぼくはどうして自分のタイプライターで文書を書いてしまったのだろう？　なぜ自分の書類を見ておかなかったのだろう？　しばらくすると、答えのないこれらの疑問がぼくを苦しめただけではなく、それがくりかえし浮かんでくることも苦しくなった。くりかえし浮かぶ疑問、消えない疑問、そこから逃れられず、逃げ出せない自分、拒否できない自分。

体のなかで脈打つ痛みのようなものだった。ときには次の痛みまでに間が空く。もう終わったのかな、と思う。しかし、次の痛みはただ遅れてくるだけで、さっきの痛みと同じくらい辛い気持ちにさせる。いや、むしろさっきよりも辛いくらいだ。それに対する心の準備がなかったし、身を縮めて対処することもできなかったから。ぼくは何度も寝返りを打ち、灯りをつけ、起き上がって窓を開けたり閉めたりし、キッチンに行ってお茶を淹れたりした。疑問はいつも短時間、頭のなかから消え、これで忘れられたかなと思うのだが、また戻ってきて、答えも意味もない状態で、前と同じようにぼくを苦しめた。

夜明けとともに、その状態はましになってきた。一晩中ぼくを苦しめた痛みと心配は和らいできたし、答えの見つからない疑問もそれほど辛くはなくなった。ぼくは、なすべき仕事をした。午前中は引退後も相談に乗っていた顧客のサーバーの問題を解決し、午後には散歩をして隣家の未亡人とばったり出会った。彼女は七十歳になるがまだ色気たっぷりで、ぼくたちはお互いに相手に好意を持っている。ぼくは彼女と一緒に、道路に張り出したコーヒー店に座った。だが、東ドイツにおける総合情報科学と情報工学の創設者が秘密警察の手先だった、というような記事が新聞に出たら、彼女はどう反応するだろう、という思いが頭をかすめた。彼女は西ドイツ出身で、善悪について西側の単純な見方しか持っていないのだ。

いや、ぼくはそんなに重要人物ではない。東ドイツの総合情報科学や情報工学に、誰が興味を持つというのだろう？　しかし、もしレーナがぼく個人のスキャンダルを自分のプロジェクトに注目を集める材料にしようとするなら、彼女はスキャンダルを巻き起こすために何でもやってのけるだろう。どのくらいのスキャンダルになり得るだろうか？　全国紙の「フランクフルター・アルゲマイネ新聞」や「南ドイツ新聞」に記事が一つ出る以上のことになるだろうか？　ぼくには想像できなかったが、この間に、ぼくが想像できなかったようなことがたくさん起こったのは事実だ。

それからぼくは帰宅し、レーナの電話を待った。疑問はもう脳内で蠢《うごめ》いていなかった。しかし、口のなかに傷があるときに、絶えず舌でそこに触れては痛みを確認せずにいられないように、ぼくは自分の考えを絶えずレーナと、彼女が発見するだろうことがら、そして何が起こるか、ということに向けずにはいられなかった。

その晩、彼女は電話してこなかった。電話がかかってきたのは翌晩だった。まるでぼくのことで法廷に出ているかのような、事務的で厳しく、冷淡な話し方だった。あなたと話したいの。明日の午後早く、そっちに行くから。

8

孤独に耐えるためには、孤独と友だちにならなければいけない、というのをどこかで読んだことがある。それはすぐに、ぼくに啓示を与えた。

レーナが電話してきた夜、ぼくは孤独を友だちにした。アンドレアスに別れを告げたのだ。レーナがぼくたちの友情に投げかける汚れに、彼が耐える必要はなかった。彼は生きていたときと同じように、去っていくべきだった。

レーナがどんなふうに戸口に立ち、どんなふうに部屋に入ってきてソファに座るか、ぼくには想像できた。強張った姿勢で、動きは少なく、拒絶するような表情で、傲慢で自己正当化している。挨拶もせず、前置きもせず、いきなり告発を始めるだろう。いや、告発をするのではなく、いきなり判決を下すのだ。あなたは父をだまし、裏切り、密告することで、本当なら父にも権利があったはずの所長の地位を手に入れた。でもあなたは父を西に行かせるわけにいかなかった。父の才能を利用し、彼の能力を自分のもののように見せびらかすには父が必要だったから。あなたは西で大きな成功を収めたかもしれない父を卑劣なゲームに巻き込んだだけではない。父の悲しい運命のせいで早死にした母や、自由な社会で成長できたかもしれない娘のわたしまでも巻き込んだのだ。そう、レーナはパウラのことまで持ち出すだろう。もしアンドレアスが西に逃げていたら、パウラとアンドレアスは一緒になっていなかったのに。そしてレーナだって、アンドレアスが逃亡していたら生まれてはいなかった。せいぜい別の女性と西側で出会って別の娘が生まれていた、というところだ。しかし、理詰めで語ってもレーナを止めることはできないだろう。彼女は自分の台無しになった人生を、ぼくのせいにするだろう。職業的な失敗も、子どもがいないことも、恋愛関係の破綻まで。もしぼくがいなくて彼に影響を与えず、二人の友情もなかったとしたら、アンドレアスは別の人生を送り、レーナは幸せな両親の幸せな子どもで、幸せな女性になっていた、というのだろう。まるでアンドレアスが不幸で、不幸な結婚生活を送り、彼女が不幸のなかで育ったかのように！　自分の不幸を嘆くうちに彼女はコントロールを失い、書類のコピーをぼくの目の前で振り回し、どんどん声を大きくして、怒鳴ったり泣いたりするだろう。

ぼくが罪の意識で恥じ入ってくずおれ、赦しを乞うことを彼女は期待するだろう。そうすると彼女はまた落ち着きを取り戻し、裁判官の顔をして、赦しはするけれど真実は明るみに出さなければいけないし、そうなるように努力するつもりだ、と述べるだろう。そんなことはしないでくれ、晒《さら》し者にしたり、辱《はずかし》めたりしないでくれ、とぼくが必死で懇願することを彼女は期待するだろう。ああ、ぼくが泣き出すとしたら、彼女はどんなにそれを見て楽しむことだろう！　そうしないわけにはいかないの、と彼女は答え、まるで外科医が真実の歴史からメスで切り離さなければならなかった腫瘍《しゅよう》であるかのように、ぼくのことをじっと見つめるだろう。

いや、ぼくはレーナのゲームには乗らないだろう。彼女が自分の物語を吐き出したい気持ちであることは理解し、最後まで話をさせるだろう。彼女はぼくの友人の娘なのだ。だから、彼女の裁判官顔にも怒鳴り声や涙にも耐えるだろう。だが、彼女を落ち着かせるためだけに、後悔しているふりをするなんて——それはやりすぎだ。彼女には、書類に書かれている汚らわしいことは、真実ではないと言おう。彼女は納得せず、ふたたび逆上するだろう。ぼくは彼女を追い出さなくてはならないだろう。

　しかし、アンドレアスはこうしたことを免れている。ぼくは彼に別れを告げた。彼は自分の平穏を見出し、ぼくはぼくで平穏を得た。彼が生きているときにはできなかった会話、まだ時間があるように見えていたけれど、結局は時間切れになってしまった彼との会話を、ぼくはいまになって行った。ぼくは彼に、当時何があったのか、自分が何を、なぜ、何のためにしたかを話した。それを誇りに思うことはできないが、そうすることで友情に満ちた人生が与えられ、一緒に仕事ができたことを嬉しく思っている、と。間違った人生に基づく正しい人生はないということ、そして、あんなふうに望ましい友情あふれる人生や共同の仕事などは、東ドイツでは通常はあり得なかったのだ、と。ぼくは間違った状況から最善のものを引き出そうとしたのだ。彼にとっての最善、ぼくにとっての最善。それを、彼に隠れてするべきでなかったことはわかっている。自分の行為を正当化できないし、赦してもらおうとも思っていない。きみの判断に委ねるよ。

　彼は事情を心得た親切な笑い方で笑い、ぼくの肩に腕を回した。「もういいよ」そして彼は、ぼくたちが一緒に過ごしたよき歳月について、妻たちについて、別荘やバルト海やシュプレーヴァルト（シュプレー川上流の水郷地域）で一緒に過ごした休暇について、話した。ぼくたちがよく一緒に夢見ていて、ベルリンの壁崩壊後に企てたアムステルダムへの旅行について。デン・ハーグにも立ち寄ったね。貧乏旅行で、行き帰りとも夜行バスを使い、そのおかげでアムステルダムではまるまる二日間過ごせたし、ホテルには一泊するだけですんだ。アムステルダム――他の人々はみな、西側への最初の旅行先としてパリやロンドンやローマを選んでいたけれど、ぼくたちは大学でスピノザの思想を知り、スピノザを好きになったんだ。レンズ研磨師で、最初の世俗的な思想家、最高のものと最深のものを幾何学的な正確さで測ろうとした哲学者。ぼくたちはスピノザの足跡を訪ねてアムステルダムを歩き、運河や橋やレンガでできた細長い家々をどんなに眺めても飽きなかった。そして、ちょうど旬だった新鮮なニシンは、バターのように舌の上で溶けたっけ！

それはよい対話であり、よい別れだった。悲しいものでもあった。友人との別れは、たとえ穏やかに別れたとしても悲しいものだ。ぼくたちはもう互いに話すことはないだろう。彼は死んだ。だがぼくは子ども時代のことを考えるように、互いの友情についても考えるだろう。そして、子ども時代の思い出と同じように、この友情の思い出も、ぼくの老年の日々を照らすだろう。

アンナとのピクニック

Picknick mit Anna

1

ぼくはドアを開けた。外には警部が立っており、ほほえんで、「ちょうどベルを鳴らそうと思ったところでしたよ」と言った。

「まだ何かあるんですか？」ぼくはパン屋に行くところだった。毎朝そこでコーヒーを飲み、クロワッサンを食べて新聞を読むのだ。今日もそうやって一日を始めようとしていた。

「そうなんです」と彼は残念そうに両手を上げた。ぼくをまた煩わせるのは自分にとっても居心地が悪いことであるかのように。しかし、ぼくが脇に寄ると、警部は挑戦するかのような当然さで廊下を通り、仕事部屋に入ってきた。窓辺に寄り、外を見てから、ぼくのデスクに向かって座り、また外を見る。そして、ソファにどっかりと腰を下ろした。「昨日は、ベッドに横になっていて何も見なかった、とおっしゃいましたね。しかし隣の女性は、あなたが零時半ごろこの部屋に入って窓を開け、一時半ごろ開いた窓のそばに立って道路を見下ろしていた、と言っていましたよ」

「隣家の女性はそんなに長いこと、ぼくから目を離さなかったんですか？」

警部はぼくの皮肉には反応しなかった。「寝つきが悪いそうです。目が冴えて眠れないときは窓辺に行き、何か面白いものはないかと外を見ているようです。あなたはあの日、最も面白い存在だったんでしょう。同じ建物の数階下の玄関先で起こっていたできごとには、彼女は気づきませんでした。窓は開けていませんでしたし、頭を外に突き出していたわけでもないので」

自分は灯《あか》りをつけなかったはずだと、ぼくは確信している。隣家の女性はどうやってぼくを見たというのだろう？　ぼくは肩をすくめた。「あなたにお伝えできるのは、昨日と同じことだけです。ぼくはベッドにいました」

「零時半にあなたは仕事部屋のドアを開けました。寝室の灯りを背景にして、あなたの姿が見えたのです。あなたは寝室のドアを閉め、仕事部屋の窓を開けました。そして一時半に、あなたは窓を閉めて寝室へのドアを開け、また寝室の灯りにあなたの影が浮かび上がりました。あなたはその間、窓辺から何を見たのですか？」

「トイレが近いので――ひょっとしたら二度起きて、トイレに行ったのかもしれません。最初のときに窓を開け、二回目に閉めたのかも。でも、夜に何度トイレに行ったかなんて記録はつけていませんのでね」

警部は見下すように、がっかりしたように、軽蔑を込めた目でこちらを見た。「月は出ていましたか？」

「知りませんよ。ぼくはベッドにいたんですから」

「ああ、そうおっしゃいましたね」警部は立ち上がり、歩き出した。だが開いたドアのところで立ち止まると振り向き、ぼくを見つめた。「どうして叫ばなかったんですか？　何でもいいから。

それで充分だったのに」

2

ぼくは寝室に行き、また仕事部屋に戻ると、向かいの建物を眺めた。ぼくは五階に住んでいて、警部が言ったようにぼくを観察するためには、隣家の女性も五階か六階に住んでいる必要があるだろう。

ぼくはもう十八年もここで暮らしていて、隣人たちのことも知っている。向かいの建物の一階にはピアノ教師が住んでいる。年配の女性で、夜中に窓辺にいてもおかしくない感じだが、ぼくを見たということはあり得ないだろう。二階と三階には年配の夫婦が住んでいるが、彼らということもあり得ない。四階には子どもが五人いる若い夫婦が住んでいる。夫も妻も医者だ。彼らは各階に二世帯分あるアパートメントの部屋を一つにつなげて暮らしている。五階では、一方の側に若い医者が妻と二人の子どもと暮らしており、もう一方の側には彼の病気の父親がいて、かつては看護師であった彼の妻が世話している。警部が話していた隣家の女性は六階にいる初老の女性に違いない。玄関先にある呼び鈴には、六階のうちの一つに彼女の名前がある。ヴェレーナ・ヴァイトナー。もう片方には「オフィス」と書かれているが、それがどういう類いのオフィスなのか、ぼくにはわからない。二階と三階に住んでいる年配の夫婦はよくクッションを窓辺に置いて、その上に組んだ腕を乗せ、誰が建物を出入りするか、何が起こるかを眺めているが、彼らも、そのオフィスがヴァイトナーさんのものであることしか知らない。ヴァイトナーさんは一日おきに、朝十時にタクシーで外出し、午後一時に戻ってくる。ひょっとしてあとをつけてみたら、彼女の正体がわかるのかもしれない。

毎年夏になると、ぼくの住む建物の二階にあるシェアハウスの人々が、路上パーティーを企画する。毎夏、いまではもう白髪になってしまったかつての左翼青年たちは、このパーティーによって一緒に政治活動をする気運が盛り上がることを期待していた。しかし、何に関して政治活動をすべきなのだろう？　十九世紀後半に作られた建物はすでにリフォームされ、道路のアスファルトは円頭石に置き換わり、もし車が走ったり駐車したりしていなければ、この通りには古き良き時代の面影があった。ときには映画を撮影するチームがこの通りを背景として使うこともあった。するとそのたびにシェアハウスの人々は、自分たちが創設した隣人協会のための寄付を求めるのだった。新しく来た金持ちの借家人や住宅購入者は、前からいる貧しい借家人たちを追い立てることはせず、彼らと協調しながら暮らしていた。路上パーティーの際にはみんなが仲良く、ビアガーデンから借りてきたテーブルについてベンチに腰かけ、テューリンゲン地方の焼きソーセージとポテトサラダ、もしくはファラフェル（中東の揚げ豆団子）とキャベツサラダを食べ、ビールを飲んだ。シェアハウスの人々は子どもたちにマジックを見せたり、アニメ映画を上映したりしていた。

ぼくが住んでいる建物や向かいの建物、そのほかこの通りのいくつかの建物の管理を任されている管理人の男性は、路上パーティーの準備と片付けの際に、シェアハウスの人々を手伝っていた。彼は妻と三人の子どもを連れて、十六年前にカザフスタンからやって来た。いかつい顔で、無愛想で語彙の乏しいドイツ語を話す。躾《しつけ》に厳しい人間で、彼の妻も同様だった。子どもたちは両親に呼ばれるとぐずぐずせずに従い、何かをするように、あるいはやめるように命じられても、けっして口答えしなかった。長男は弁護士になり、次男はエンジニアになる予定だ。三番目は女の子だが、まだ学校に通っている。

いや、「学校に通っていた」と言った方がいいだろう。管理人の家族は向かいの建物の一階でピアノ教師の隣に住んでいるが、その入口の階段で女の子は一昨日の晩、殺されたのだ。

3

彼女はアンナという名前で、兄たちとは違っていた。長男はこれまでにぼくが見たどんな子どもよりも真面目だった。次男は打ち解けない人間だった。ときおり感情を押し殺したようなほほえみを浮かべたが、それはまるで他人が理解できないことを理解したぞ、というかのようだった。長男と同様、次男も成人してからは実家を出ていた。兄たちは小さな妹を愛していた。この二人の兄が睨みをきかせていたので、通りに住む子どもたちでアンナに嫌がらせをする者は誰もいなかった。彼らの母親は一度ぼくに、アンナがまだ家にいるのはありがたいことだ、アンナがいなければ息子たちは日曜日の昼食に顔を出すことさえないだろう、と話した。

アンナほど明るい子どもをぼくは見たことがない。両親や兄たちが持つことのなかった明るさのすべてが、彼女のなかに集まったかのようだった。家族が越して来たときには、アンナはまだベビーカーに乗って、母親や兄たちがそれを押していた。ぼくは彼らに会うと、いつも立ち止まって一言二言、言葉を交わしていた。カザフスタンから来た隣人たちに、歓迎の気持ちを伝えたかったのだ。アンナを近くで見たいという気持ちもあった。熱心なおしゃべりや喉を鳴らすような笑い声を聞き、青い目と赤い頬を見たかった。彼女は輝くような子どもで、その光はぼくの日常にまで差し込んできた。

ぼくは——いや、ぼくは無愛想な人間ではない。誰とでもうまくやっていけるし、ときには苦労するケースもあるけれど、たいていは簡単に打ち解けられる。誰かを嫌ったり、嫌われたりということもないので、一人ぼっちではない。ただ、人生のなかで一人で生きていく流れになり、その流れに順応してきた——それだけのことだ。もっと人との交わりが多い職業だったなら！大学教授になり、若い人たちが周囲にいたなら。あるいは作家として、読者の前に登場することができたら！その代わりにぼくは、文章の手直しもする校閲者になった。家でデスクに向かって座り、悪い原稿を直して、いい本を作る。注文はインターネットで受けている。著者たちは恥ずかしいのでぼくに会いたがらないし、ぼくはぼくで彼らを軽蔑しているので会いたくない。

そんなわけで、女性に会う機会がない。インターネットで探すか、何かのサークルかコーラスかヨガにでも行くべきなのだろう。そのことを根本的に拒否するつもりはない。だが、人間の汗の匂いやインドのお香、瞑想用の出来合いの音楽、感動して漏れ出る呪文——そんなものには耐えられない。それに、すでに年配ではあるが、年寄り気分ではないのだ。自分の人生を決めるサイコロが、あらためて振られ、投げられるというイメージさえ持つことができる。暗い洞窟のような、小さすぎる窓と人工の灯りしかない仕事部屋で働くのはもうやめる。十月から三月までこの町を覆っている暗い空の下ではもう働かない。下手な原稿の黒い文字に睡眠のときまで追いかけられるのはもう嫌だ。あるべき姿にならなかった自分の人生について、暗い考えを持つのもやめたい。すべてがいまとは変わり、よくなるイメージ。自分の人生が明るくなり、ときたま日常生活に光が差す程度ではなくなる、ということ。

アンナの発する光は、成長してからも消えることはなかった。小学校に入学する日、お祝いの菓子などが詰まった円錐形の袋を持って、歩道に立っていた姿が目に浮かぶ。ブロンドの巻毛、赤い頬、青い目には生きる意欲と好奇心が浮かんでいた。そして誰に向けられたのでもなく彼女自身のものであるほほえみ、彼女の歓喜、彼女の秘密。最初の聖体拝領の日曜日の、彼女の様子も思い浮かぶ。白いワンピースに白い環状の頭飾り、それはまるで当惑しながらも美しく誇らしげな様子の花嫁のようだった。彼女はよく、子どもたちと路上や街角で遊んでおり、ぼくはときおり窓辺に立ってそれを眺めた。子どもたちが走る様子、急に方向を変えたりフェイントをかけたり、バラバラになってまた集まったり、固まったり別れたりする様子を見ているのは楽しかった。ぼくの子ども時代と同じ、いつの時代にも変わらない子どもたちのはしゃぎ声を聞くのも楽しかった。だが、ぼくの眼差しはいつもアンナの方に戻っていった。彼女はみんなと一緒に騒いだり、大声をあげたりしていたが、彼女の周りにはオーラがあった。両親にこだわりがあっていつもワンピースを着せられており、姿勢がまっすぐで、他の子たちのように汗をかいたり髪の毛がボサボサだったりすることがないから、というだけではない。リーダーになっているときでも、ただ一緒に遊んでいるときも、逃げるときも捕まるときも見つかってしまうときも、ボールを受け止めるときもかわすときも——彼女の動きには愛すべき魅力があり、崇高さがあり、見る人をそそる部分があった。そのためにぼくはときおり道路まで降りて行き、車から何かを取り出したり、店で買い物をしたりしたが、それは彼女を近くから眺めたいという理由だけから出たことだった。彼女が顔を上げてぼくを見つけ、ほほえみかける様子ときたら！

四歳か五歳だったときの彼女の様子も覚えている。両親や兄たちと一緒に屋外プールにいて、ぼくは二、三本先の木の下に横になっていた。アンナはぼくを見ず、誰のことも見ていなかった。隠れていたわけではなく、ちょっとよそ見をして、一本の木に寄りかかっていた。片手をパンツのなかに入れて、うっとりした表情を浮かべていたので、ぼくは目を逸らすことができず、じっと眺めずにはいられなかった。やがて彼女はまた我に返り、最初はゆっくりと、それから大急ぎでプールに向かって駆け出し、歓声をあげながら水に飛び込んだ。

4

ある年の路上パーティーの際、ぼくはちょっとした挨拶や親切の延長で、アンナの母親と会話を始めた。ちょうど彼女の長男が高校卒業試験の準備をしているときで、ドイツ語で苦労しているとのことだった。なぜそうなのかも、母親にはわかっていた。自分や夫が話すたどたどしいドイツ語では、学校や本や職業の話をする際に、子どもたちにとって充分な話し相手とはなれないのだ。あなたは言葉を扱う仕事をしているんですよね、と彼女は言った。長男と話してくれませんか？　そういうわけで、ぼくは彼女の長男と、彼が書いた作文について、彼が読むべき本や行くべき催しについて、話をした。彼は喜んでぼくの勧めに従い、高校卒業試験も優秀とまではいかなかったが、充分な成績で合格した。アンナが学校の勉強についていけなかったとき、彼女もぼくのところに来るようになった。

パン屋の店員はぼくのことを知っていて、とても親切に挨拶してくれたので、警部があとからパン屋に入ってきてぼくの後ろの立食用テーブルを使い始めたけれど、それを理由にさっさと店を立ち去るのは気が咎めた。ぼくは警部に向かってちょっとうなずき、コーヒーとクロワッサンと新聞を買って、歩道に出ているテーブルの一つを使った。しかし警部はぼくを追いかけてきて、コーヒーをぼくのテーブルに置くと、タバコに火をつけて「お邪魔ですか？」と訊いた。ぼくは答えずに、新聞を開いた。

「わたしは検事と話せますし、検事は裁判官と話せます。あなたが目撃したと言いたくないのは、救助に行かなかったことで告訴されると思っているからですね。しかし、見たと言っていただかなければ、犯人を捕まえられません。もし裁判官が救助義務不履行に目をつぶってくれるなら……」彼は首を横に振った。「わたしは犯人を捕まえたいと思っています。彼女はすぐに死んだわけではありません。動けなかったし助けも呼べなかったけれど、失血死するまでのあいだ、意識はあったのです。自分がもうじき死ぬことはわかっていて、もう二度と……」彼はまた、首を横に振った。「残忍な殺人です。でも、誰にそれを伝えればいいのでしょう。あなたはご覧になりましたよね」警部はコーヒーカップをぼくのテーブルの上に置いたまま、立ち去った。

犯人を捕まえられないって？　まるで、殺人の大部分は犠牲者の身近にいる人間によって行われることを知らないかのような口ぶりだ。彼はただ、アンナの交際範囲を調べてみればいいのだ。最近ではアンナの交際範囲はわかりにくく、望ましからざるものになっていたが、それでも組織的な犯罪捜査にとって広すぎるということはないはずだ。ぼくはスマホを出して、救助義務不履行を検索してみた。一年未満の禁固刑か罰金だ。救助が必要であり、やろうと思えばできる状態であるのに助けなかった人への罰則だ。

ぼくはアンナを、本当にいろいろと助けてきた。しかも、喜んで。世界のさまざまな扉を彼女に対して開いてあげるのは、なんと楽しいことだったろう！　ぼくは彼女に読書を教え、文学や自然への目を開かせ、さらには歴史や哲学にも——アンナを通して、ぼくは自分が偉大な思想家についてわかりやすく、しかも面白く語ることができるのに気づいた。そして、哲学の話を子ども向けに書けるということにも。

アンナはギムナジウムで最初の成績表をもらったとき、ぼくのところに来た——成績は赤点だらけだった。小学校のときにはそれほど集中して先生の言うとおりにしなくても、成績優秀者の一人だったので、集中することや言われたとおりにすることを学んでこなかったのだ。彼女はギムナジウムで窓の外を眺めて、夢想ばかりしていた。猫になった自分、宮廷の侍女になった自分、お姫さまの自分、魔女の自分、盗賊たちのリーダーになる自分、海賊の自分、俳優の自分。彼女の両親は、子ども向けだと思うテレビ番組を彼女に見せていた。アニメやメルヒェン、冒険映画やスペクタクル映画などだ。

アンナは悪い成績をとって悲しがっていた。自分だっていい成績をとれると感じていて、そうしたがっていた。彼女は学年の最初の半分に夢想して怠けてしまった分を、簡単に取り戻した。自然数の計算、英語では複数形の語尾のsと所有のsの違い、ドイツ語では格変化と動詞の活用。ドイツ語の授業で使われる児童文学を、彼女は読みたがらなかった。これまでに一冊も本を読んだことがなかったのだ。ぼくは彼女が自分で喜んで読むようになるまで、本を朗読してやった。

ぼくたちが一緒に過ごした時間は、なんと魅惑的だったのだろう! アンナがぼくのところに来て、まず一緒に数学と英語の復習をする。それから他の科目をやり、そのあとでドイツ語文法をやる。そして、ぼくが朗読をする。グリム童話やハウフのメルヒェン、ヘーベルやケラーの短編、詩やバラード、ケストナーの小説。ぼくはソファに座り、彼女は隣で頭をぼくの肩にもたせかけるか、横になって頭をぼくの足に乗せる。話が面白くなってくると彼女の頬が紅潮するのを、ぼくは見た。主人公と一緒に苦しんでいるときにはまぶたがピクピクし、一緒に喜んでいるときには目に歓喜の表情が宿る。アンナの呼吸が速くなったり穏やかになったり、ゆっくりになったり深くなったりするのを耳にすると、彼女が全身全霊で朗読を聴いているのがわかった。ぼくは彼女の体臭も嗅いだ。女の子特有の、他に比べようのない、けっして取り返すことのできない体臭で、子どもと女性の匂い、新鮮な果実の匂いがした。その匂いの誘惑は理性を失わせるものだった。

でもぼくは、アンナにいやらしい触れ方をしたことは一度もない。ある路上パーティーの際、アンナはぼくに、早く十一歳になりたいな、大きくなったら結婚しようね、と言ってキスをした。ぼくは赤くなった。ちょっと顔を赤らめた程度ではなく、シャツの下から頭皮まで赤くなった。隣人の女性が一人、この子とあの人のあいだに何があるのかしら、と自問するようにこちらを眺めていた。もう一人の女性が「あなたたちのこと、見たわよ」と言い、消えかけていたぼくの赤みが、またしても首や顔に浮かび上がってきた。

そうは言っても、彼女はただぼくたちが運河のほとりでピクニックしているのを見ただけなのだ。地理の授業で、この町の自然について何か発見しよう、という課題が出たのだった。そこでぼくは水質検査キットを手に入れて、アンナと一緒に運河の水を採取し、硬度や炭酸塩の値、pH値や亜硝酸塩の量を調べたのだ。そのあとでぼくたちは運河のほとりに座って、サラミやチーズを挟んだバゲットを食べ、りんごジュースを飲んだ。他の人たちもやっているように、ビニールシートに座っていただけだし、その隣人女性が自転車で通りかかった際、彼女はベルを鳴らして手を振ってくれたのだ。なぜいまになって思わせぶりに、「あなたたちのこと、見たわよ」などと言うのだろう？　しかし、彼女の目を見て「ぼくたちだってあなたを見ましたよ！」と言い返す代わりに、ぼくは赤くなってしまったのだ。

隣人女性は、自然に触れる喜びまで台無しにしたわけではなかった。アンナは両親や兄たちとは、散歩やハイキングに行ったことがなかった――ひょっとしたらカザフスタンには、そういう習慣がないのかもしれない。アンナはそうした楽しみをぼくと一緒に発見し、見るものすべてを楽しんだ、木々、鳥たち、木の幹の苔。苔が生えている場所を見れば、どちらが北なのかがわかる。そして、木の枝についている芽。木の芽は冬の最中にすでに若葉を宿し、春になるとそこから葉が出てくるのだ。悪い天気などはなく、ただ天気に合わない服装があるだけだ、という格言にアンナは納得し、雨が降っても晴天のときと同じく朗らかだった。ぼくは彼女と一緒に、城や城塞、館の廃墟などがある自分の生まれ故郷を徒歩旅行したかった。アンナはきっと、驚きで一杯になったことだろう。しかし、数日間かかる旅行は提案する気になれなかった。

ぼくがアンナをコンサートやオペラに連れて行ったことでさえ、彼女の両親から見れば気味の悪いことだった。彼らはカザフスタンでも博物館に行ったことがあったので、ぼくたちが博物館に行くのは歓迎していた。しかし、彼らはコンサートにもオペラにも行ったことがなかった。ぼくは彼らも一緒に招待しようとしたが、彼らは手を激しく振って断った。まるで、ぼくが彼らに何か危害を加えようとでもしたみたいに。彼らはアンナがコンサートやオペラに行く前におしゃれをするのを訝《いぶか》しそうに観察し、アンナが家に戻るまで、就寝せずに待っていた。ぼくのことを疑っていたわけではない。彼らの不信感は、自分たちが育って馴染んできた生活範囲からの逸脱に向けられていた。

　コンサートやオペラのためにおしゃれをしろなんて、ぼくはアンナに言わなかった。彼女がどこでそんなことを思いついたのか、ぼくにはわからない。初回にはジーンズとセーターでアンナを迎えに行ったのだが、彼女があまりに傷ついた様子だったので、急いで家に戻ってダークスーツに着替えた。そしてタクシーで会場に駆けつけ、なんとか間に合ったのだった。それからは、いつもそのパターンになった。ぼくたちはタクシーで会場に行った。その前にアンナがぼくのところに来て、一緒にシャンパンを飲む。最初は子ども用のシャンパンだったが、後には本物のシャンパンになった。目的地に着いても、彼女はぼくが外に回ってドアを開けるまで、タクシーの座席に座ったままだった（ドイツのタクシーは自動ドアではない）。アンナはとびきりの優雅さと確信に満ちた態度でぼくの傍を歩いたので、他の人々がぼくたちの方を振り返るほどだった。父親が遅くに生まれた娘と歩いているのか、祖父が早くに生まれた孫と歩いているのか、老人が若い愛人を連れているのか——人々がどう考えていたか、ぼくにはわからない。アンナはぼくの方を見上げたり、ぼくと腕を組んだり、体をすり寄せたりしながら、一種の芝居を演出しており、人々を挑発するのを楽しんでいた。それを承知の上で、ぼくはまるでそれが真実であるかのように、幸せな気分だった。

5

あれは、一種の芝居というだけではなかった。アンナが十五、六歳のころ、ぼくたちは世代の垣根を超えて到達できる限りの親密な関係になっていた。ぼくは若いころ、両親と話ができなかったので、一緒にあれこれ話すことのできるおばやおじ、あるいは祖父母がいればいいのにと夢想していた。アンナはぼくといろいろ話すことができ、あらゆる話題を持ち出してきた。読んでいる本、聴いている音楽、女友だち、そして最初の男友だち。

その後どんな状況が来るか、予想できただろうか？　ぼくは予想したくはなかった。アンナの挑発的な態度はコンサートやオペラに行く際に発揮されただけではなかった。彼女はバスや地下鉄やレストランでもちょっとした場面を演じたり、若い愛人を気取ったり、あからさまに他の客を誹謗中傷したりしていたが、いつの日かそれがぼくにも向けられることがあろうとは、想像したくなかった。実際にそういうことが起きるまでは。

地下鉄でのことだ。アンナは二人の女友だちと座席に座っていた。一人は金髪、一人は黒髪だった。彼女が金髪のレオニーと黒髪のマーゴットの話をぼくにしたことがあったので、ぼくは彼女たちのそばに座ってアンナに挨拶し、他の二人に、きみたちがレオニーとマーゴットだね、と尋ねた。すると金髪の子が、「あたしの友だちをナンパしないで」と言い、黒髪の子が、「あたしに触らないでよ、クソジジイ」と言った。大きな声だったので、他の乗客がぼくの方に顔を向けた。しかしアンナは座ったままクスクス笑い、口の前に手を当てていた。ぼくは次の駅で下車し、ベンチに腰を下ろした。それ以上乗っていることはできなかった。

　翌日、アンナは約束の時間にぼくのところに来て、朗らかに、「ナンパされたとか触られたとかいうのは演技なんだから、気を悪くしないでね。お願い、怒らないで、ただの冗談なんだから」と説明した。ぼくは自分がちょっと不機嫌になりやすいのを知っていたが、そのときは仏頂面を見せたくなかったし、若者がそんな遊びをせずにはいられないこと、ふざけたがっていることを理解していた。そういうわけで、アンナが笑ったときにぼくも一緒に笑い、年若い友人たちの前で年配の男に話しかけられて彼女は居心地が悪かったのだろう、もしまた地下鉄のなかで同じような状況になったら、もうけっして話しかけたりしないでおこう、と自分に言い聞かせた。そうして、すべてがまた元通りになった。

　いや、元通りではなかった。それからまもなく、彼女は自分が参加した学校での演劇グループの公演のあとのパーティーで、ぼくを無視した。招待したのは彼女の方だった。僕はワインのグラスを持ち、ブレーツェル（数字の8の形をした塩味のパン）を手に立っていた。公演に出た役者たちがパーティー会場に入ってきた際、みんなと一緒に拍手し、お祝いを言うためにアンナに向かって歩いて行った。彼女はすばらしい演技をしたのだ。ところが彼女はぼくに背を向けた。しばらくしてからまた近づこうとすると、彼女はまた背を向けた。「あら、来てたのね、見えなかった」と彼女は次に会ったときに言い、ぼくも話を合わせたが、心のなかでは大いに憤っていた。

　彼女は四月に十七歳になり、ぼくは彼女がほしがっていたパソコンをプレゼントした。そして、一緒にオペラ「ナクソス島のアリアドネ」を観に行った。彼女はいつものようにおしゃれをしたが、今回はワンピースが短すぎ、胸元が大きく開きすぎていた。アンナは黒い網タイツを穿き、けばけばしい口紅をつけていた。もう子どもじゃないな、とぼくは思った。一人の女性だ。どうしてもっと早く気づかなかったんだろう? 彼女はどうしてこんなに自分を飾り立てずにはいられないのだろう? しかもこんなに下品な感じに? しかし、彼女は音楽の美しさに感動しており、ぼくも同様だったので、調和の喜びのなかでぼくはもうそれ以上考えなかった。

その後の展開は速かった。彼女はしばしば予定をキャンセルするようになり、もう来なくなった。連絡さえせずに来ないこともあった。ときを同じくして、四人の若者たちが現れるようになった。アンナは第十二学年の友人だと説明したが、ぼくの目には麻薬の密売人かヒモのように見えた。もっとも、麻薬の密売人やヒモと知り合いになったことはないのだが。彼らは車を持っていて、大音響で音楽を鳴らしながら家の前に車を停め、アンナを乗せていき、また大音響で音楽を鳴らしながら送ってきた。最初は夜十時ごろに送ってきていたが、しまいにはその時間が午前二時、三時になった。ある晩、アンナの母親がぼくのところに来て、娘が心配だと話した。アンナは親の言うことを聞かず、やりたいようにやっています。よかったら話をしてもらえませんか? 母親の話で、アンナがときおり、ぼくのところに行くと嘘をついて出かけていることもわかった。

アンナが両親と一緒に路上パーティーに来たとき、ぼくは声をかけた。元気かい、学校はどうだい、何を読んだり聴いたりしているの? また会って、何か一緒に計画しないか? その日のアンナには、強情なところはなかった。大袈裟なほど陽気で、たくさん笑い、ぼくの肩をたたいた。でも、質問には答えなかった。あの四人の若者はきみにふさわしくないと思う、とぼくが伝えると、彼女は、いまでは一人に絞ってるのよ、と言った。たしかに、車と三人の若者はいなくなっていた。一人の若者が彼女を徒歩で迎えに来て、徒歩で送ってきていた。

6

彼の様子を秘かに探ったというわけではなかった。それは偶然だった。ある人を訪ねて、夕方公園を通って家に帰ろうとしたら、例の若者が別の女の子とベンチに座っていたのだ。つないだ手を放すこともできないくらい、愛し合っている仲なんだ、とぼくは二人を見て思い、アンナが彼から解放されたのを喜んだ。ところが情勢はいきなり変化した。次に見たのは、彼が女の子に殴りかかり、怒鳴りつけ、彼女が泣きながら両腕を顔の前に持っていく姿だった。ぼくがわざと足音を大きくしてベンチのそばを通り過ぎると、彼は顔を上げ、彼女から離れた。ぼくは歩き続けたが、また怒鳴り声が聞こえ、そのあと彼がついてくる足音がした。ぼくは不安になった。しかし、彼はぼくのそばを走り抜け、ぼくが公園の端まで来たときに、ある建物の入口に姿を消した。

アンナは彼から解放されたわけではなかった。ぼくは二人が一緒にいるのを目撃した。ときにはアンナが一人でいるのも見かけた。路上で、店のなかで、パン屋で。ときには唇が裂けたり青あざができていたりしたが、高慢に人を拒否するような表情を浮かべていた。彼女と話そうとしたが、「あっちへ行って！」と怒鳴られた。別の機会に路上でもう一度話そうとすると、彼女はまたぼくを怒鳴りつけ、ちょうどボーイフレンドがやってきた。彼はぼくと向かい合って立つとシャツを摑み、アンナに向かって「こいつが何をした？」と訊いた。彼をそんなに間近で見るのは初めてだった。顔は悪くないし、馬鹿には見えない。鈍感でもなさそうだった。しかし、彼の目のなかには鋭い光があり、それがぼくを不安にさせた。

「このじじいには何もされてないわよ。こいつ、小さい女の子を追いかけ回してるの。あたしはもう大きいし」

「おまえが小さかったときには、何かされたのか？」

「やめてよ、カルロス」

「こいつ、おまえに何かしたか？」

「教授はわたしの下着には触らなかった。彼は花屋の娘を貴婦人にしたかったの。あんたが間抜けじゃなければ、この話の意味がわかるはず。こいつを放しなよ」

「小さい女の子、花屋の娘——そんなとこからは手を引くべきだ」彼は、ぼくを怒鳴りつけた。

「さもないと両手をへし折るぞ！」

「やっちゃいなよ、もう行くから」アンナはこちらに背を向けて、歩き出した。彼女はボーイフレンドがぼくの腹を殴り、ぼくが倒れる音を聞いたに違いない。ボーイフレンドがぼくの脇腹を蹴る音も。彼女は振り返ったろうか？　いずれにしても、アンナは戻ってこなかった。路上には他に誰もいなかった。午後遅い、人通りのない時間帯だった。

ぼくは起き上がり、道路を渡って自分の住む建物に入り、階段を上がって住居に入った。熱い風呂に入りたかったが、湯船の手前でがっくりと膝をついてしまい、床に滑り落ちた。その場所で、両足を腹に引き寄せ、両腕を足に回したまま横たわり、眠り込み、目を覚ましてベッドまで体を引きずっていき、暗くなったときにまた目を覚ました。腹と脇腹はまだ痛かった。だがインスタント食品を電子レンジに入れ、ワインのボトルを開けることはできたので、食卓についた。

そのあと、ぼくは暗いリビングルームに座って、アンナに別れを告げようとし、彼女を赦そうとした。愚かなおてんば娘として、彼女を片付けてしまいたかった。ほんのいっとき、ぼくが目覚めさせたのに、また眠りに落ち込んでしまった女の子。ある精神科医が意識不明の女性患者をある方法で治療し、彼女を目覚めさせ、感覚や思考を取り戻させる映画がある。しかし、その治療は副反応のために中断され、患者はふたたび意識を失うのだ。しかし、もしアンナがまた眠りに落ち込んでいるのなら、一緒に劇場で観たことのある「ピグマリオン」（バーナード・ショーの戯曲。映画「マイ・フェア・レディ」の原作にもなった）を暗示することはなかったはずだ。彼女は目覚めており、何も忘れてはいないが、ぼくや、ぼくたちのものであったすべてのことがらと、もはや関わりたくないのだ。なぜ？　カルロスの言うなりになっているからか？　性的に従属しているのか？　麻薬中毒か？　それとも花屋の娘を教育した教授のように、ぼくも何かを失敗したのか？　ぼくは、彼女を型にはめようとはしなかった。ありのままの彼女が好きだった。それとも、自分でも知らないうちに、彼女を型にはめようとしていたのだろうか？

それから怒りが湧き起こってきた。ぼくたちの関係からアンナが離れていくのを、ぼくは甘受しなくてはならなかった。人間はさまざまな関係から離れていくものだ。だが、アンナのひどい仕打ちや侮辱を受ける理由はぼくにはなかった。「やっちゃいなよ、もう行くから」と彼女は言った。「やっちゃいなよ」――どうしてボーイフレンドをけしかけることなどできたのだろう？　どうしてぼくに対して暴力を振るわせたのだろう？　どうしてそこまで、ぼくを辱められたんだろう？

彼がアンナを殺すことを、ぼくは望んでいなかった。ぼくは二人がドアのところに立っているのを見た。二人が喧嘩を始め、彼がアンナを殴り、アンナも殴り返した。それから彼が腕を振り上げ、襲いかかった。彼が体を離してナイフを彼女の服で拭うのが見えるまで、彼がナイフを持っていたことに気づかなかった。彼は立ち去り、彼女はもう動かなかった。

7

助けを呼ぶべきだと、わかってはいた。しかし、あまりにも素早い展開に、何が起こったのか、どれくらい深刻な事態なのかがわからなかった。それを理解した時点で、救急車と警察を呼ぶべきだったろう。でも、ぼくにはできなかった。窓際に立ち、まるで体から力が抜けてしまったかのように、アンナを見下ろしているだけだった。ようやくまた動けるようになり、窓を閉めて電話できるようになったときには、もう手遅れだった。

それともぼくは、いい気味だと思っていたのだろうか？ 殺されることに対してではないが、殴られることに対して？ どうして救急車が呼べなかったのだろう？ 何がぼくの力を奪ったのだろう？ 救急車を呼んだらいろいろと調べられて、ぼくがただ傍観していたことが暴露されるのでは、と不安になったのだろうか？ あまりにも展開が速くてどんなに深刻かわからなかったから傍観していただけではなく、そんな目に遭うのが当然だと思っていたから？ そのことを知られるのが不安だったのだろうか？

警部は翌朝もぼくに話しかけてきた。解剖のレポートが届いたそうだ。アンナの命は助かる可能性もあったのだという。「でも、そのために来たのではありませんよ。あなたは就寝中でしたよね。助けることはできなかった。そうでしょう?」

ぼくはうなずいた。彼はぼくをまじまじと見つめ、その眼差しにはふたたび失望と軽蔑が読み取れた。ぼくは自分がうなずいたことで、彼の考えに同意してしまったような気がした。ええ、ぼくはあなたを失望させ、軽蔑に値する人間です、と。

「あなたはしばらくのあいだ、殺された娘さんと親しかったようですね。我々は犯人を、彼女の交友関係のなかで探しています。彼女の交際や、友人や知人たちについて何かご存知でしたか?」

警部はまた、パン屋の前でぼくを引き止めたのだった。ぼくの住居に来る途中で、ぼくがパン屋の立食用テーブルにいるのが見えたのだ。空は灰色で、ぼくも暗い気持ちだった。警部に眼差しを向けられて、踏み潰されるべき虫けらになった気分だった。

でもそれは、啓示が下ることで変わった。それは、ぼくの人生においてサイコロが新たに振られ、投げられた瞬間だった。望みさえすれば、すべてが変わるはずだった。ぼくはそれを実行しなければならない。虫けらのように踏み潰される代わりに、虫けらを踏み潰す。実行しさえすればいい、そうすれば人生は明るくなるのだ。

「アンナと親しくしていたのはずっと前のことです。残念ですが。彼女の両親と話せば、最近のアンナは悪い奴らと付き合っていた、とお聞きになるはずです。新しい友人たちは十二年生だ、とアンナはぼくに言いました。でも奴らはそうは見えませんでした。でも、現代の十二年生がどんななりをしているかなんて、ぼくは知りませんからね」

「写真を見せたら、アンナの友人かどうかわかりますか?」

「どうでしょうね。一度か二度、彼女を迎えにきたり送ってきたりしているのを、窓から見ただけですからね」ぼくは警部にほほえみかけた。「ご自分でご覧になったとおり、かなりの距離ですからね。でも、写真を見せようというのなら、電話してください。喜んで署に立ち寄りますよ」

彼の顔に驚きの表情が浮かぶのがわかった。何かが変わったこと、ぼくが変わったことに気づいたのだ。強くなったことに。別れの挨拶をすると、彼は引き止めなかった。ぼくは家に戻り、父のピストルが入っている小箱を開けた。

父の死後、ぼくはそのピストルを、未読の雑誌やビニールでカバーした美術や歴史の本、パッケージで購入したメダルやコインや切手のコレクション、未開封の工具、カシミアの毛布、銀のナイフやフォーク、ろうそく立てなどの荷物のなかで発見した。どれも特売品で、晩年の父はそうした物を見ると買わずにはいられず、もはや仕事には使わなくなった部屋に宝物のように溜め込んでいたのだった。父はジャーナリストで、あらゆる種類の人間と接触する機会があったが、地下世界の人間ともつながっていたのだろうか? 何か地下世界のことを調査し、不安になることがあったのでピストルを手に入れたのだろうか? それとも、かつては職業軍人でもあった父にとって、一生涯武器を所有するのは当然のことだったのだろうか? 父の死後、そのピストルは警察に提出すべきだったかもしれない。しかし、父が遺したごちゃごちゃした荷物のなかにそのピストルを発見したときには、父が死んですでに数週間が経過しており、ぼくは警察が不審の目を向けてくるのではないかと恐れた。そういうわけで、ピストルはそのまま持ち続け、封印しておいたのだ。

ピストルを持ち上げ、手のなかで重さを確かめてみた。いい手触りだった。重くて、頼りになり、危険な感じ。分解して掃除したり、油を塗ったりしたことはなかった。ピストルのことがよくわかっているわけではない。しかし、弾倉を取り出して充塡し、またピストルのなかに押し込むことはできる。安全装置をかけたり外したりすることもできる。

窓辺に行き、外を眺めた。太陽が灰色の霧を消し去り、光り輝く春の日になっていた。ぼくは公園に行くだろう。木々や茂みは最初の若葉をつけているかもしれないし、もうレンギョウが咲いているかもしれない。ぼくはベンチに座るだろう。新聞を読んでいる老人の隣か、子ども連れの若い女性の隣に。いくつか言葉を交わし、ぼくの明るさが彼らの暗い気持ちを照らすだろう。

この決断が、どんなにぼくを自由にしたことか！　まだ決行してもいないのに、これからやらなければいけない段階なのに、ぼくは幸せだった。ぼくはやっと自分自身になれた。恐れもなく、力強く、男らしく。そしてアンナは、ふたたびぼくのものだった。

もうそれをやったような気になった。いや、ただやったというだけではなく、完遂したような気持ちだ。ぼくが待ち受け、彼が家から出てくる。ぼくは立ち上がり、道路を渡り、ポケットからピストルを取り出し、発射するのだ。

姉弟の音楽

Geschwistermusik

1

彼女は青いワンピースと黒いストールを身につけ、シャンパンのグラスを手にして、女性一人と男性二人を相手に立ち話をしていた。この四人が地元の人でないことは、すぐに見てとれた。ベルリンではなくミュンヘンやデュッセルドルフやハンブルクで見かけるような、上流階級の雰囲気が彼らを取り巻いていた。彼は一瞬、態度を決めかねて立ちつくしていた。本当に彼女だろうか、挨拶すべきだろうか、自分は挨拶したいのだろうか？　その逡巡《しゅんじゅん》は、彼女が彼を見て合図し、彼に向かって歩いてくるまで続いた。彼も彼女に向かって歩いていくしかなくなった。彼女は彼を話に引き入れ、夫と友人たちに紹介した。友人たちはフランクフルト在住の夫妻だったが、彼女もそこに住んでいた。「昔の同級生のフィリップ・エンゲルベルクさん。音楽史の研究家で、家庭音楽の歴史について本を書いたの。この本は去年、文芸欄で賞賛されていて、読んで嬉しかった」彼女は彼のことを、こう紹介した。彼女が自分のやった仕事を知っており、著書も読んでくれているのを知って、彼は驚いた。

バッハの管弦楽組曲、ブルッフのヴァイオリン協奏曲、グラス（アメリカの作曲家フィリップ・グラス）の第四交響曲

――フランクフルトからの来訪者はその晩のプログラムに感激しており、ソロ・ヴァイオリニストの女性もオーケストラもすばらしかったとか、休憩時間のサービスも効率的で、ベルリンという街が提供する文化イベントも充実しているとか、ほめ言葉を並べた。毎年ベルリンに来て、数日のあいだコンサートやオペラ、劇場、美術館などに行っているが、来るたびに新しいものがある、と彼らは言った。でも、数日いれば充分で、喜んでまたフランクフルトに引き上げるのだそうだ。フランクフルトが文化的に不毛というわけではありませんよ、むしろその反対です。そんな話をしているとベルが鳴った。

「コンサートのあとで、あなたも一緒にどこか行きましょうよ。中央玄関で待ち合わせましょうね」二組の夫婦たちは席が離れているようで、それぞれ異なる階段に向かって歩いて行った。

「あなたも一緒に」――ズザンネは当時からそんなふうだった。キッパリしていて、自分の言ったとおりになるという確信を持っていた。会話でも、彼女は当時のままだった。賢く、知識が豊富で、教養があり、発言の仕方について、確かなセンスを持っている。彼女の夫がフィリップのアカデミックな地位を尋ねたときのような見下した態度や、彼女の女友だちが現代音楽に対して示したようなわざとらしい関心などは、ズザンネには見られない。それに彼女は、居心地の悪さや緊張が少しも残らないような話題の転換法を心得ていた。かつて、彼女が同じような器用さで会話を尖らせて、相手に悪意を抱かせ、絶望に追い込むことができたことを、彼は思い出した。彼女は相変わらず美人だった。束ねていない白髪に老人くささはなく、むしろ独特の魅力が感じられた。

初めて教室で見たときの彼女は、崇高な感じがしたものだった。背筋をまっすぐに伸ばした細い体つき、ブロンドの髪。まるで相手など眼中にないかのように、優越感を込めてこちらを見ることのできる緑の目は、相手の考えや気持ちを読み取るように鋭く食い込んできた。けっして言い間違えることのない明るい声、教師の質問に答えるときに際立つ教養。彼女は男の子だけでなく、女の子からも崇拝された。誰もが彼女の近くに来て、その輝きにあずかろうとした。フィリップは学年の初めに転校してきた。一家でドルトムントからハイデルベルクに引っ越したのだ。みんなが、そして彼自身も驚いたことに、ズザンネが休憩時間に彼に話しかけた。「あなた、『ベン・ハー』観た？　気に入った？」崇拝者たちに取り巻かれながら、ズザンネは端っこに立っていたフィリップに話しかけ、彼を話の輪のなかに入れると、自分の隣に立たせた。

二度目のベルが鳴った。それとも三度目か？　フィリップは立ちつくしていて、ぐずぐずしていた最後の人々が階段を上へ下へと急いでいくのを見ていた。自分も急がなくてはいけないとわかってはいたが、動き出すことができなかった。扉が閉まる音がし、指揮者への拍手が聞こえた。第一楽章の、均等なリズム。ときにはメロディーの一節が聞こえた。彼は階段に腰を下ろした。

彼は「ベン・ハー」を観ていなかった。「リオ・ブラボー」も、「お熱いのがお好き」も「尼僧物語」も。他の人々が「これは観ておくべきだ」と思うような映画を、一つも観ていなかった。一緒に話そうと思うなら、観ている必要があっただろう。しかし、他の人々と違って彼は、「ベン・ハー」と「尼僧物語」の原作を読んでいた。そしてズザンネは彼に関して、他の人々がスクリーンで観なければならないイメージを、本を読んで頭のなかで作り上げることができる人間だ、という評判を打ち立ててくれたのだった。彼には映画に行く金がなく、話についていけないと自分で諦めていた。そして、笑いながら首を横に振った。しかしズザンネは、彼がみんなとは違う特別な人間だ、と主張して譲らなかった。ズザンネは人々と戯れる際、すばらしく寛大であることができたのだ。

　プログラムを販売し、扉の開閉を担当している若い女性の一人が、彼の方に歩いてきた。お加減が悪いのですか？　何かお手伝いしましょうか？　医者を呼んだ方がいいですか？　親切で、心配そうな顔だった。休憩時間にある女性と五十年ぶりに出くわして、ちょっと混乱しているのです、と彼は説明した。あなたの話していることはよくわかる、というように彼女はうなずいた。ほんとうにわかってくれているのかもしれない、と彼は思った。ひょっとしたら自分は若い人を信用しなさすぎるのかも。彼は立ち上がった。

「ありがとうございます。ご親切に」

　彼女は愉快そうにほほえんだ。「どういたしまして。最後の部分をお聴きになりたいですか？　お席にご案内することはできませんが、ホールのなかにはお入りいただけます」

　彼は彼女についていった。彼女は静かに扉を開け、彼はそこに立って、指揮者とオーケストラ、たくさんの管楽器奏者たちを見下ろした。ホールのなかにズザンネがいるかと見回したが、見つけられなかった。最終楽章の激しい音楽を長く聴けば聴くほど、彼は落ち着いてきた。そうだ、コンサート後にはズザンネとその夫、友人たちと中央玄関で落ち合おう。でも、彼女のゲームには乗らないで、自分のゲームをしよう。

2

学校で話しかけてから数週間もしないうちに、彼女は彼を自宅に招いた。彼女は学校で彼を、くりかえし仲間の輪に引きこんだ。にもかかわらず、家に招待されたのは驚きだった。

フォルマー家の人々が住んでいた山ぎわの屋敷は、さらに驚きだった。フィリップが一度も見たことがないような家で、山のなかに食い込むような建て方をしながら、暖炉のついた広いテラスや、平地を正面に見下ろすガラス窓を備え、山腹から突き出していた。小さなケーブルカーが道路から山を登って屋敷へと通じていた。フィリップが呼び鈴を鳴らすのに応じて壁に嵌め込まれた扉が開くと、そこにはもうケーブルカーが待っており、フィリップが乗り込むと、小さくズズズという音を立てながら、ワイヤーロープが車体を屋敷の前まで引っ張っていった。何のためにケーブルカーがあるのか、単なる物好きなのか、などと尋ねる気にはなれなかった。自分の無知をさらけ出したくなかったので、そもそも質問はほとんどしなかった。

ズザンネは自分だけの玄関とバスルーム、バルコニーのついた部屋を持っていた。彼女はレコードをかけた。「スウィート・ナッシンズ」（ブレンダ・リーの一九五九年のヒットソング）、「プット・ユア・ヘッド・オン・マイ・ショルダー」（ポール・アンカの一九五九年のヒットソング）、「アイ・ニード・ユア・ラブ・トゥナイト」（エルヴィス・プレスリーの一九五九年のヒットソング）。フィリップの家にはラジオもレコードプレイヤーもなく、知っていたのは家庭音楽や教会音楽だけだった。わかりやすいメロディーや感情を揺さぶる声、開け放したバルコニーのドアから吹き込む夏の風、ズザンネの存在に、彼は圧倒されていた。それから二人はバルコニーに座って夕日が沈むのを眺め、コーラを飲み、学校について、お互いの好きな本について、自分たちの夢について語った。ズザンネは世界中の文学を読んでいて、作家になりたがっていた。フィリップは図書館にある遠い国々についての本を読んでいて、研究者かジャーナリストか船乗りか、何でもいいから旅行がしたいと思っていた。家で家族が待っているので、夕食への招待は断らざるをえなかった。ズザンネが彼をケーブルカーの乗り場まで送っていくと、ちょうど同年代の男の子がケーブルカーで上がってきた。その子は車椅子に乗っていて、車輪を力強く回して彼らに向かっていた。ズザンネは屈《かが》んで、その子をキスで出迎えた。

「こちらはフィリップ、こちらはエドゥアルト」——彼女はそれ以上の説明なしに、二人を引き合わせた。エドゥアルトは屋敷に入っていき、フィリップはケーブルカーに乗り込んだ。

コンサートホールからレストランへ向かうタクシーの車内でズザンネは、フィリップが在野の研究者であること、自分の友人夫妻は所有していた下着会社を売却したところであること、ズザンネの夫が一族の銀行を経営してきて、いまではその役目を二人の息子たちに譲っていることを説明した。ズザンネ夫妻にはさらに二人の娘がいたが、こちらも成人して家を出ているとのことだった。彼女の夫がほほえみながら、まだ家にいる五番目の子どもに言及した。フィリップが驚いた顔をしたのを見ると、彼は言葉を補い、「事故に遭って車椅子の生活なんです」と言った。ズザンネは額に皺を寄せ、窓の外を見ていた。

エドゥアルトも事故のせいで車椅子での生活を余儀なくされていた。フィリップの二度目の訪問のとき、エドゥアルトがズザンネの部屋に入ってきた。ズザンネがエドゥアルトを紹介した。たった一人の弟で、一つ年下。お芝居を演じるのが大好きで、才能ある数学者。五歳のときに崖から落ちて、体が麻痺した。学校に行く代わりに、家で家庭教師の授業を受けている。

「学校には行ったことがないの？」

「ないよ。学校なんか行かない方が勉強は進むんだ。きみたちは高校卒業資格試験まであと四年もかかるけど、ぼくは来年受けるよ」

「そのあとは？」

「大学に行くんだ」

エドゥアルトの口調には傲慢なところはなかった。十六歳で高校卒業資格を得て大学に行くのが普通のことであるかのような口ぶりだった。なぜ大学に行くのを急ぐのか、大学で何を勉強するつもりなのか、フィリップは尋ねなかった。車椅子で大学に行くのは大丈夫なのか。学校の教材を家庭教師からもらうように、大学での勉強の素材ももらえるのか。フィリップには尋ねる勇気がなかった。これまで、車椅子に乗った生徒に会ったことはなく、車椅子を使う人々にとって何が普通のことなのか、わからなかった。これほど裕福な家庭において何が普通なのかも、わからなかった。

この日、フィリップは夕食まで残り、姉弟の両親とも知り合いになった。ズザンネの父は屋敷の裏のテニスコートでコーチを相手にプレーし、上機嫌で愛想よく食卓についた。彼が航空技術の研究所のオーナーであり、複数の特許を持ち、アメリカにもヨーロッパ各国にもよく旅行することをフィリップは知った。ズザンネの母は美しく物静かな人で、白いエプロンをつけた若い女性を秘密めいたやり方で動かして料理を出させたり下げさせたりしていた。夫の言うことにほほえみながら耳を傾け、子どもたちが話し始めると励ますようにうなずいている。彼女はフィリップに家族のことを尋ね、彼が話しているあいだ、注意深く好意を込めて見つめていた。父は平和教会のオルガニストで、母は成人学校で教えています、とフィリップは語った。三人きょうだいで、もうじき高校卒業資格試験を受ける兄と、ちょうどギムナジウムに入ったばかりの妹がいます。

「お母さんは何を教えてるの？」

「裁縫です」

「あなたも裁縫を教わった？」

フィリップは顔を赤らめた。母は彼に裁縫を教えてくれたが、彼は男らしくないと思いつつも裁縫を楽しんでいたのだ。食卓の全員が期待を込めて彼を見つめた。

「はい」

ズザンネの父は笑い、ズザンネは拍手した。エドゥアルトは首を横に振った。ズザンネの母はうなずいた。「わたしは娘に裁縫を教えられなかった」と言いつつ、彼女はほほえんだ。「あなたが教えてやってくれるかしら？」

フィリップはまだ顔を赤らめていた。この人たちは自分をからかっているのか？　父親は彼を嘲って笑ったのか？　ズザンネは意外に思って手を叩き、エドゥアルトは理解できなくて首を横に振ったのか？　それに、どうやってズザンネに裁縫を教えたらいいのか？　そもそも彼女に何かを教えるなんて？「できないと思います」と彼はズザンネを見つめながら言った。「ズザンネは、縫おうと思えば自分で縫えるはずです」

ズザンネの母は真面目な顔で「あなたの言うとおりね」と言った。彼女はフィリップをからかったわけではなかったし、他の人々も好意的な関心を寄せて、縫うのは好きか、たくさん縫い物をするのか、何を縫うのかなどと訊いてきた。彼がちょうど初めてのシャツを仕立てているところだと話すと、みんなは驚いた。ズザンネは、ブラウスの作り方を教えてくれるかしら、と尋ねてきた。彼はまた赤くなりながら、「喜んで！」と答えた。しかし、その話が実現することはなかった。

夕食は遅い時間に始まり、延々と続いた。フィリップは落ち着かなくなった。そしてとうとう、家に帰りたいのですが、と言うことができた。両親は働いているし、兄はオーケストラの練習で出かけていて、病気の妹が一人で家にいるのです。面倒を見てやらなくちゃいけません。するとズザンネの父が運転手を呼んでくれた。運転手はフィリップの自転車を車のトランクに入れ、フィリップが乗り込めるように車のドアを開けてくれた。別れの挨拶のとき、エドゥアルトは手のひらでフィリップとハイタッチをした。ズザンネは「あなたって親切な人ね！」と言うと、彼の頬にキスをした。フィリップは眠りにつくときまで、そのキスを感じ続けていた。

3

それ以来、フィリップはフォルマー家に出入りするようになった。彼は一家の人々が好きだった。尊大だが気のいい父親。フィリップと会話してくれて、何を縫っているのか、どんな本を読んでいるのか、と尋ねてくれる美しい母親。チェスを教えてくれたエドゥアルト。ルールだけではなく、ゲームの始め方や中盤、終盤の戦略も教えてくれた。ズザンネがフィリップを招いておきながら姿が見当たらず、エドゥアルトだけがそこにいるとき、フィリップは彼を傷つけたくなかったので、ズザンネの居場所や何をしているのかを訊いたりはせず、エドゥアルトと一緒に時間を過ごした。どうして別の計画があるのに自分を招くのか、ズザンネに問いただす勇気もなかった。きみのことが好きだよ、と打ち明ける勇気もなかったし、きみはぼくのガールフレンドなのか、ぼくはきみのボーイフレンドなのか、ぼくのことを好きでいてくれるのかどうか、などと尋ねることもできなかった。まして彼女にキスをする勇気はなかった。

あのころのフィリップは、すべてにおいてなんと遠慮していたことか！　しかしいまではズザンネが額に皺を寄せてもお構いなしだった。彼は、その子どもは何歳なのか、どんな事故があったのか、車椅子でもちゃんと生活できているのかどうか、と尋ねた。体が不自由な弟がいるうえに、子どもにも障害があるとは——それはショッキングな話だったし、彼を悲しい気持ちにさせた。ところが、夫が答える前に、ズザンネが会話を引き取ってしまった。「わたしの両親のこと、覚えてる？　いつも落ち着いて、陽気で幸せそうだった母のことを？　母は死ぬまで変わらないだろうと思っていたのに、老人性の鬱になって、すっかり別人になってしまったの。父はまるで自分のことはもうどうでもいい、母だけが大事だ、というように、感動的なほど母の世話をしたのよ。わたし、父にそんなことができるとは思ってもいなかった。父はずっと元気だったけど、木が斧で切り倒されるように、脳卒中で倒れてしまったの」ズザンネは両親が最晩年を過ごしたシュタルンベルク湖畔の家のことや、彼らが孫を愛し、孫も彼らが好きだったこと、晩年はよくゴルフをしていたことなどを語った。「ときにはあなたのことも話題になったのよ」レストランに着くまで、ズザンネは話し続けた。もう一組の夫婦が乗ったタクシーもちょうど到着し、彼らは一緒になかに入り、テーブルに案内されて腰を下ろした。

フィリップはズザンネの隣の席だったので、尋ねたいことがたくさんあった。五十年前に自分が去った理由を彼女は理解したのか？　エドゥアルトはどうなったのか？　彼女の夢や希望はどうなったのか？　彼女は大学に行き、仕事についたのか？　どんな子どもたちが生まれ、障害のある子はどうしてそうなったのか？　作品は書いたのか？　幸せだったのか？　しかし、フィリップはそうした問いの一つさえも発することができなかった。ズザンネが一同の会話を操縦していた。毎年のベルリン旅行のことから春のスキー休暇や秋のゴルフ休暇のこと、さらにスポーツ休暇からザルツブルク音楽祭の話題やエルマウ城での修養会のことまで。彼女は自分が参加した修養会について語り、自分や子どもたちが通った寄宿学校の話をした。ズザンネがギムナジウムの最終学年をスコットランドの寄宿学校で過ごし、子どもたちもそこに送ったのだということをフィリップは理解した。「あなたや子どもたちはスイスの寄宿学校にいたんでしょ？　わたしたちも子どもたちも、すごく保護されていたんじゃない？　それなのにフィリップは」と、ズザンネは彼の腕に手をおきながら言った。「アメリカで一人で生きていかなきゃいけなかったのよ」

全員から目を向けられて、フィリップは赤面した。「それほどドラマチックな話じゃありません。ギムナジウムの生徒だったときに一年間留学して、そのままアメリカに残ったんです。ホストファミリーの家に住み続けられたので、学業の傍らアルバイトでお金を稼げばやっていけました。バイトをしていた生徒はぼくだけではないと思いますよ」

「ご両親は何と言ってましたか？」ズザンネの夫が、驚いたように尋ねた。

「父は、子どもが希望することをやらせるべきだという意見でした。本当は家にいてもらいたいのだが、と父は手紙に書いてきました。アメリカでもフルートとピアノの練習を欠かさないように。金は送れない。そう書いて、ぼくに幸運を祈ってきました」

「でも、もうちょっとドラマチックだったわよ。交換留学プログラムに応募するのが遅れたので、あなたは自費で出発して、自分でホストファミリーを探したんでしょ」ズザンネは、フィリップを誇りに思っているような口ぶりで言った。でも、どうして彼女が誇りに思うのだろう？　それに、なぜフィリップとアメリカについての会話を始めたのだろう？「もっともフィリップがアメリカに旅立ったことは、当時、大いに物議をかもしたの」ズザンネはそう言って、彼の腕から手を離した。「誠実さを求める人たちを裏切ることでしか、自由になれないことがあるものよね」

ズザンネは彼の方を見ずに、一同に向かってその言葉を発したので、その場は気まずい雰囲気になった。誠実や裏切りや物議をかもすって、どういう意味だ？　気軽な夕べに、なぜそんな重いテーマを持ち出すのか？　フィリップは立腹し、もう席を立とうと思った。しかし、ズザンネのその振る舞いが、かつて知っていたズザンネとはあまりにも違っていたので、彼は興味をそそられた。彼女は何を望んでいるんだろう？

ズザンネは笑った。「そんなふうにこっちを見ないでよ！　五十年前には、フィリップとわたしは大きな問いを考えるのが好きだったの。人生は生きるに値するか、天命といえるものはあるのか、愛とは、誠実とは、裏切りとは何か？　十六歳の若者が考えそうなことよ。彼がまだそれを覚えているかどうか、知りたかっただけなの」そう言うと、ズザンネはフィリップに目を向けた。

彼は当時、ズザンネと大きな問いについて語ったのではなく、エドゥアルトと語ったのだった。チェスや数学に夢中になったあと、エドゥアルトは哲学に関心を向け、実存主義に感動してカミュやサルトルを読み、その感動をフィリップにも伝染させた。そのことがズザンネの記憶のなかで変形したのだろうか？　だがフィリップにはそれも考えられなかった。彼女はフィリップを挑発しようとしている。でも、何のために？

「そうだね、あのころはなんていろいろなことに興味があったことか！」フィリップは一同を見回してほほえんだ。「現代の十六歳はもっと実用的なんじゃないかな。ぼくもアメリカでそうなりました。思い出に関して言えば――この点はみなさんも同じだと思いますが――年を取れば取るほど、子ども時代や青春時代のことを多く思い出すようになりました。きみの家に初めて行ったときのことは、はっきり覚えているよ」フィリップは、自分が壁の前に佇んでいたこと、扉が開くと小さな電車が彼を待っていて、屋敷まで運んでくれたことを話した。

「小さな電車だって？」

「ええ、父は遊ぶのが大好きな人だったの。家にはケーブルカー、ガレージには通話機、会社にはヘリコプターの着陸場。でもヘリコプターが着陸したことはなかったけど」ズザンネがまた会話を引き取り、話題を変えていった。会話は彼女の父が集めていた有名な航空技師の原稿のことから、彼女の夫と友人が理事を務めているフランクフルトの学術協会のことへと移り、そこでフィリップが家庭音楽の歴史について、招待講演を行うのはどうかという話になった。食後、彼らがレストランの前でタクシーを待っているとき、ズザンネはフィリップに強く念押しをした。

「来てくれるわよね？」

彼女は最初から、彼をフランクフルトに招きたがっていたのだ。彼が行きたいと思うように、会話を興味深くさせようとし、事実彼は興味を持ったのだった。彼女がフィリップから何を期待しているのか、知らずにはいられなかった。彼はズザンネの顔を見つめたが、そこには問いの答えは書かれていなかった。ただ、講演への招待だけが重要なのだと言いたげな、好意的な期待に満ちた仮面が浮かんでいるだけだった。彼は彼女にほほえみかけた。「そんなこと、当たり前だろう」
「よかった、じゃあ、うちに泊まってちょうだいね」

4

フィリップは当時、アメリカに逃亡したのだった。何もかもうまくいかなくなっていた。ズザンネとの関係も、エドゥアルトとの関係も。これまではいつも率直に接することができた自分の両親に対しても、もう話ができなくなっていた。そして、子どものときからずっと自分の喜びであり支えだった音楽——ピアノとフルート——との関係も、だめになってしまった。ズザンネとエドゥアルトのそばで過ごしたその一年は、フィリップをすっかり混乱させてしまったのだ。

ズザンネは彼に対して、いつも親切だった。フィリップがサプライズに成功したり、エドゥアルトを笑わせたり、ズザンネの自転車を修理したりしたときには、彼女はフィリップにすばやくキスをした。しかし、フィリップを招待したにもかかわらず不在のことが多くなり、彼との約束に応じることも少なくなっていった。あるとき、二人きりでいると、彼女はまた最初の訪問のときのように振る舞った。親しい友人のようにフィリップと話し、彼の手をとって自分の方に引っ張ったり、まるで恋人同士のようにキスしたりした。彼は、愛されていると感じた。でも、これからは何もかも変わるのだと期待すると、それは常に裏切られた。次に会ったとき、彼女はまた親切にしてくれるのだが、それは愛情のない親切さ、残酷な親切さであり、フィリップはみじめな気持ちになるのだった。

ズザンネや他の人々と一緒にいたとき、フィリップがいつも不幸だったというわけではない。クラスでの行事の際、ズザンネはよくフィリップを自分の傍に引き寄せ、注意深く彼に話しかけて、彼が自分のお気に入りであることをみんなに見せつけた。彼女の家で、ズザンネの女友だちやエドゥアルトと一緒になり、遊んだり話したり笑ったりして、屈託のない朗らかなひとときを過ごすこともあった。ズザンネ、エドゥアルト、フィリップの三人で森や川べりに遠足をしたり、博物館やオペラ劇場に行く際には、運転手が車で送り迎えしてくれたが、彼らにはそうした企てが一種のデモンストレーションとなり、車椅子に乗った弟もしくは友人と一緒にいながら、他の人よりも余裕のある姿を見せられることを楽しんでいた。

フィリップとエドゥアルトが二人だけで外出するときも、彼らは大声で生意気に話し、外出先でスムーズに行動していた。当時はまだ障害者が人目につかないようにしようとする風潮があったが、フィリップは車椅子の友人を隠す気はなく、エドゥアルトにも堂々と人前に出るよう勧めた。障害のせいなのかずば抜けた才能のせいなのかはともかく、エドゥアルトは他の子から隔離されて家庭教師や個人トレーナーと過ごし、同年代の遊び友だちがいなかった。フィリップはエドゥアルトの最初の友人であり、友情は彼を自由にした。たしかに障害はあった。でもフィリップが喜んで一緒に外出してくれたので、エドゥアルトは世間から引っ込んで暮らす必要はなく、自分はどんどん世の中に出ていってもかまわないんだ、と思うことができた。世界は、他の人のものであると同じく彼のものでもあるのだった。エドゥアルトにも他人と同じく世に出る権利があり、多くのことを経験し、大声を出したり生意気なことをしゃべったり、スムーズに動いたりする権利があった。フィリップが彼を解放してくれたのだ。

引っ越しでドルトムントの友だちと別れなければならなかったフィリップにとっても、エドゥアルトはハイデルベルクでできた最初の友人だった。ズザンネが近くにいることで友情は発展していったが、エドゥアルトがその友情に向けた熱心さや感激、依存、ズザンネの家族がフィリップを受け入れる際の寛容さと裕福さ、運転手付きのドライブなどは、フィリップを圧倒した。彼はエドゥアルトが好きだった。しかし、自分が健常者であることを負い目のようにも感じていた。それに、自分が貧しいため相手に負債を負っているような気がした。そのせいで、自分が感じている以上の好意をエドゥアルトに対して示すことになった。フィリップはエドゥアルトが気分を急変させて落ち込んだりすることにも耐え、侮辱されたと誤解して人を傷つけるような反応を示すことにも、注意深く、辛抱強く対処した。それでもうまくいかないときには、自分は何も悪くないのに、エドゥアルトに謝った。

ある夕暮れ時、ズザンネとエドゥアルトの母親がフィリップを傍に呼んで、庭の端にあるベンチに一緒に歩いていった。

「わたしのそばにお座りなさい！」二人は屋敷の向こうの街や平野を見下ろした。「あなたがうちに来てくれて、よかった」と彼女が言った。

「ぼくは……」フィリップは何か言いたかったが、何を言えばいいのかわからなかった。

「わたしたち、そんなに簡単な家族じゃないものね。たくさん失礼なことをしていると思うの。あなたは、ズザンネやエドゥアルトの言いなりになる必要はないのよ。借りなんか何もないんだから。自分を大切にするべきよ」彼女はフィリップの肩に腕を回した。「エドゥアルトの事故のあと、わたしは負い目があると感じて、何でも言うとおりにしてしまったの。自分が無理している だけじゃなくて、彼のことまで不幸のなかに固定していると気づくまではね」

フィリップは、彼女が何を言いたいのかを理解し、彼のためを思って言ってくれていることも理解した。エドゥアルトとの友情において、自分が無理をしていることも感じた。しかし、二人の友情がそうなってしまった以上——どうやって変えるべきなのだろうか？　そしてズザンネに関しては——どうやって、彼女を立てずにいられるだろうか？　彼女を好きでなくなるには、どうしたらいいのだろう？「できるかどうか、わかりません」と彼は言った。

「そうね、わたしも充分にはできなかったのよ」と彼女は言った。

太陽が山の向こうではなく雲のなかに沈み、涼しくなってくるまで、二人はそこに座っていた。それ以上言葉は交わさなかった。エドゥアルトを甘やかしてはいけないと悟ってから母親がどうしたのか、どんな結果が出たのか、フィリップは尋ねてみたいと思った。しかし、彼女が自分のためを思って話してくれたこと、自分の肩に腕を回してくれていて、よくはわからないがラベンダーかライラックの花の香りを漂わせていることだけで、満足することにした。

5

それから一年が過ぎた。エドゥアルトは高校卒業資格試験を受け、問題なく合格した。しかし、大学入学には困難が伴った。エドゥアルトはずっと数学を学びたがっていたが、数学は彼が世間から隠遁するための口実でもあった。だがフィリップと友だちになってからは、エドゥアルトはもはや世間から引きこもろうとはしなかった。彼はハイデルベルク大学の教授や助手たちから両親の金で個人授業を受けたいとは思わず、むしろ普通の学生として、世界を包含するような学問を学びたいと考えた。一番学びたいのは哲学と歴史で、フィリップと共に別の大学町に引っ越し、そこで同居したいと言った。フィリップがまだ大学生になれないことは、エドゥアルトも理解していた。しかし、それでも自分と別の町に引っ越して、そこで卒業資格試験を受ければいいのではないか、費用は自分の両親が支払ってくれるだろう、と考えたのだった。

エドゥアルトはそのことを、自分だけではなくフィリップも同意した計画として両親に提案したがっていて、フィリップをせっついた。きみがいなくちゃだめなんだ。きみがいなくちゃ出発できないし、突破口も開けない。大学に通ったとしても、これまでと同じく障害者として両親に甘やかされることになってしまう。きみはぼくの友だちだろう？　一緒にすごいことをしてきたじゃないか？　フィリップ、どうしてきみはそんなに臆病で怖がり屋なんだ？　なんで急につまんない友だちになっちゃったんだ？

エドゥアルトはフィリップと向かい合って座り、彼に話しかけていた。車椅子でフィリップのそばに詰め寄っていたので、お互いの膝が触れ合っていた。エドゥアルトは体を前傾させ、自分の言葉を手振りで強調し、フィリップの腕や足を摑み、彼を指差し、胸をトントンと叩いた。フィリップはできれば飛び上がって逃げ出したかった。そのためにはエドゥアルトの車椅子を押し退ける必要があったが、エドゥアルトはそれを許さなかった。そのため、フィリップは座り続け、エドゥアルトの目、ズザンネと同じ緑の目を見、ズザンネが興奮したときにできるのと同じ、頰の赤いしみを見ていた。そして、エドゥアルトとズザンネ共通の、細く美しい口を見た。その口は絶えず開閉し、唾を飛び散らせ、フィリップがもう聞きたくないと思うような言葉を発しては投げていた。こちらを軽蔑するような、憎々しげで泣き出しそうなエドゥアルトの表情のなかにズザンネの顔が垣間《かいま》見《み》えたので、フィリップはギョッとした。エドゥアルトが何者なのか、フィリップにはわからなくなった。こちらの歓心を得ようとする友人なのか、甘やかされた子どもなのか。家に留まり続ける人生に絶望したがゆえの要求なのか、それとも自分の要求が満たされないことに慣れていないがゆえの絶望なのか。彼が示している軽蔑や憎しみは、絶望から出たものなのか、それとも才能に乏しく貧しいフィリップが特別才能に恵まれて裕福なエドゥアルトに従うのは当然だと思う傲慢な気持ちから来ているのか。フィリップはもう、エドゥアルトの顔のなかにズザンネの顔を見たくなかった。

するとエドゥアルトは言った。「それともきみは、姉がここにいて、姉のことが好きだから、一緒に来たくないのかな？　でも姉はきみのことが嫌なんだよ、いい加減にそれを理解したらどうだい？　ここを出て、姉ともう会わなくなることを喜べよ」

「どうしてそんなことがわかるんだ？」

エドゥアルトは白目をむき出した。「だって、姉なんだから。何を思ってるかくらい、わかるよ。それに、知らなかったとしても――大学生がズザンネを車で迎えに来たのを見たんだよ。古いフォルクスワーゲンじゃなくて、古いポルシェでね」

フィリップがズザンネと話をするまでに、一週間かかった。彼らは二人きりで、またバルコニーに座っていた。「どうしてぼくに、大学生と会ってることを話してくれなかったの？」

「わたしが何をして誰に会うか、あなたに話す義務があったかしら？」

「その大学生はきみの何なんだい？」

「あなたに関係ある？」彼女の声は腹立たしげだった。「でも、いいわよ――その人が父の研究所でボランティアとして働いていたので知り合ったの。学生組合員で、女性同伴のパーティーがあるときに連れていってくれたの。わたしはお祭りやダンスが好きだから。それだけよ」

「ぼくはきみにとって何なんだい？」

「ああ、フィリップったら」彼女は感じよく、心配そうに彼を見つめた。「わたしたちは友だちでしょ。そうじゃないの？ それに何より、あなたはエドゥアルトの友だちよ。あなたたちが仲良くなってくれて、とても嬉しいの。あなたのおかげで彼も喜んでいるし、彼もあなたにいい影響を与えているでしょ。ときにはわたしの友情だけじゃ足りないって、わたしにはわかってるの。でも、わたしたち、友だち以上にはなれない。お互いにあまりにも違ってるし。性格も、思い描いてることも、住む世界も」

「いつからそれに気づいてた？」

「わたしたち二人とも、最初からそれに気づいてたんじゃない？」

恋人になってくれとズザンネを説得できないことは、フィリップにもわかっていた。彼女に言われたことはショックで、できることならどこかに潜り込んで、両足を胸に引き寄せ、両腕を足に回して、誰にも会わないようにしたかった。しかし同時に、彼女の言葉は彼を憤慨させた。

「いや、ぼくは気づかなかったし、きみだって気づいてるような態度はとらなかったよ」

「あなたをがっかりさせたなら、ごめんなさい。あなたが転校してきて、わたしの生活のなかに入ってきてくれたとき、とても嬉しかったの。あなたは特別な少年で、特別な、すばらしい友だちょ。みんな、あなたのことが好きなの。わたしも、父も、母も。そしてエドゥアルトはまるで、眠りから覚めたイバラ姫のようになったのよ」

「きみの好意も優しさも——すべてはぼくがエドゥアルトに近づいて目覚めさせるためだったのか？」フィリップは尋ねたが、それは質問ではなく、この一年のすべてを明らかにする断定だった。自分は利用されたのだ。彼はみんなを憎んだ、ズザンネを、エドゥアルトを、しかしとりわけ、恋をし、勘違いをし、滑稽な姿を晒した自分自身を。

「いいえ、フィリップ、違うの。わたしは……」

「エドゥアルトと一緒に計画したのか？　いや、そうじゃないな。でもきみは、エドゥアルトがいま何を計画してるかは知ってるだろう？　もしぼくが彼と一緒に行ったら、そのまま彼と暮らすことになる。そうすればエドゥアルトにはぼくがいて、きみは解放される。きみにとっては、それが理想的なんじゃないかな？　ぼくがエドゥアルトの言うことを聞くようにするために、特別ぼくに親切にしたんじゃないのかい？」

　ズザンネの顔に涙がこぼれ落ちた。フィリップは彼女を慰めて謝罪しようとしたが、そのときズザンネの別の顔が思い浮かんだ。親切だが相手を拒否する顔、愛のない、残酷な顔。ズザンネの顔と重なって見えた、エドゥアルトのしかめ面。フィリップは、涙をこぼすズザンネにかまってやることができなかった。

「フィリップ」彼女は彼に両手を向けて言った。「わたしはそんな人間じゃない。わたしを何だと思ってるの？」

　フィリップは首を横に振り、立ち上がると部屋を出ていった。

6

それでもまだ終わりではなかった。フィリップは毎日学校でズザンネに会ったが、彼女には距離をおいていた。しかし、みんなの評判になったり何か訊かれて説明する羽目になったりするのは嫌だったので、話しかけられたときには顔を背けなかった。エドゥアルトには何と言うべきか、フィリップにはわからなかった。何も言わずに遠ざかることはできないと考えていたので、それからも彼に会い、相変わらずせっつかれていた。しばしば、自分がいまにも爆発するか、内側に向かって破裂するような気がした。まるでこのことで自分が引き裂かれ、自分のなかで崩れていくかのように。しかし一方ではたびたび、ズザンネと自分とのあいだにあり得たこと、ほとんど成就しかけていたことを夢見たり思い描いたりせずにはいられなかった。そして実際に彼女を見ると、彼女が持っているすべてに嫉妬するのだった。彼女を囲む人々、品物、あるいは彼女が腕に抱いている小さな犬にまで。

そんなとき、一年間アメリカに行ける留学制度があることを知った。エドゥアルトの計画にまつわる葛藤のなかで、この家族と別れて別の国へ旅立つことが、フィリップには選択肢としてイメージできるようになっていた。彼はためらわなかったが、留学制度について知るのが遅すぎた。締め切りが過ぎてしまっていたのだ。

しかし、フィリップにはもう、自分のやりたいことがわかっていた。彼はズザンネやエドゥアルトから離れたかった。自分を幸せにしてくれなかった町を離れ、アメリカに行きたかった。彼は父親の名前でアメリカの寄宿学校に入学を申し込む手紙を偽造し、面接に来るようにという寄宿学校からの招待状を使ってうまくビザを手に入れた。所持金で、何とかニューヨークまでの片道航空券を買うことができた。

フィリップはズザンネにもエドゥアルトにも、自分の出発のことは話さなかった。両親にも別れを告げず、手紙だけを残して家を出た。最後にフォルマー家の夕食に招待されてエドゥアルトに会ったとき、彼はズザンネの母親に話をしたいと申し出た。彼らはふたたび庭園の端のあのベンチに行った。フィリップは彼女に、ズザンネとエドゥアルトと自分との関係はあまりにも難しくなってしまったので、自分は去るつもりだと話した。本当は別れを告げなければいけないとわかっているのだけれど、それができない、と彼は言い、不満を漏らした。

「どうしてズザンネはあんなことをしたんでしょう？　本心を隠して、エドゥアルトに友だちができるように、ぼくを利用したんです。でも、彼女がエドゥアルトを特別愛しているようには見えません」

「ああ、フィリップ。あなたこそズザンネの近くにいるために、エドゥアルトを利用したんじゃないの？　それに、この一年のあいだに、自分をどう思うかズザンネに訊けたんじゃないの？　彼女が本心を偽ったように、あなたも真実を知るのが怖くて本心を偽ったんじゃないの？」

そのとおりだと、フィリップにはわかっていた。知りたくはなかったけれど。

「どうするの？　ズザンネがあなたの心を傷つけたように、あなたはエドゥアルトの心を傷つける。でも、そんなことはどうでもいいと思ってるのね。あなたに同情はしない。エドゥアルトが可哀想」彼女はフィリップの肩に手を置くと、力を込めた。「アメリカからエドゥアルトに手紙を書いて、説明してあげてね。約束してくれる?」

フィリップはうなずいた。

「ズザンネとエドゥアルトは――小さいころはとても仲がよかった。夏にはブルターニュに家を借りていたの。ある朝、夫とわたしはまだ寝ていたけれど、子どもたちは起き出して崖に走っていき、エドゥアルトが転落した。どうしてそんなことになったのか、わからない。ズザンネも説明できなかったし、エドゥアルトは記憶喪失になったから。でもまあ、あなたにとっては少しばかりの心痛、エドゥアルトにとっては楽しい一年――ズザンネは、うまくやったと思っているに違いないわ。この一年の楽しい思い出をエドゥアルトがいくらかでも持ち続けてくれるなら、わたしもそう思うでしょう」

コンサートホールとレストランからの帰り道にこの会話を思い出したフィリップは、自己嫌悪でほとんど吐きそうだった。フォルマー家の母親と約束した手紙を、彼は書かなかったのだ。エドゥアルトが一緒に過ごしたあの一年の楽しい思い出をいくらかでも持ち続けてくれたのか、彼がどうなって、どんな人物になったのか、フィリップが耳にすることはなかった。アメリカに到着したあとのフィリップは、運がよかった。ドイツの生徒にアメリカへの留学を仲介している機関で働く一人の女性が、フィリップの決断力に感激して彼を手助けし、寄宿学校へのごまかしやビザの取得を合法にしてくれただけでなく、彼を自分の家庭に受け入れてくれたのだ。ニューヨークの郊外に住むその家族のなかで、自分の兄と妹と同い年の二人の娘たちに囲まれて、彼は最初から居心地よく感じ、ズザンネとエドゥアルトを忘れた。そうしてアメリカでの高校生活に飛び込み、アルバイトで稼げることを喜び、同じ年ごろの男子や女子が関係を結んだり解消したりする軽やかな高校生活を楽しんだ。ジュリアード音楽院に入るにはフルートもピアノも力が足りなかったが、楽理と音楽史を学ぶことにし、楽器と名演奏についての博士学位論文を書き、ニューイングランドにあるカレッジの教授になった。同僚との結婚生活が破綻したあとでそのポストを手放した彼は、ドイツに戻り、フリーの音楽学者としての地位を確立した。そして、くりかえしアメリカでの生活を思い返したが、それ以前のドイツでの過去は思い返さなかった。コンサートで再会するまで、彼はズザンネとエドゥアルトの記憶を完全に封印していた。しかし、再会してからは、思い出が頭を離れなくなり、ズザンネと一緒に遊んだ思い出から、自分が応えられなかった友情への思い出へと移っていった。フランクフルトの学術協会から招待状が届いたとき、できれば返事を出さずに放っておきたかった。でも、またしてもこっそり姿を消すなんて——いや、そんなことはできなかった。

7

講演が行われるのはまだ三か月先だったが、プログラムにはまもなく記載されるとのことなので、フィリップは講演のテーマと題目を考えることにした。すでにズザンネが読んでくれた自分の著書の内容を話すのは避けたかった。むしろ、家庭音楽の歴史、そしてズザンネとエドゥアルトと自分に関係のある内容で、ズザンネを驚かせたかった。フィリップは返事を書き、きょうだいや友人が参加する家庭音楽について話したいと伝えた。学術協会は彼に、ポスターの原案を送ってきたが、そのポスターにはメンデルスゾーン姉弟が四手の連弾をしている絵が載せられ、

「姉弟の音楽」というタイトルが予告されていた。協会の手紙には、より多くのお客さまに来てもらえるようにタイトルを短くし、わかりやすくしたことをご理解ください、と書かれていた。

本を書く際に使った資料に目を通してみたが、自分の探すものは見つからなかった。姉弟と友人が一緒に音楽を演奏し、音楽を通してお互いに好意を抱いた、という構図だ。そういうものを自分で創作すべきだろうか？　それらの人物が信憑性《しんぴょうせい》を持つために、どんな経歴や音楽の好み、能力、家庭環境や社会の状況、服装や靴などを与えるべきか、彼は熟知していた。しかし、物語を創作したことはこれまで一度もなかった。

音楽学に関する論文のほかに、フィリップは雑誌の特集記事やコンサートやオペラの批評、音楽や作曲家、演奏家や楽器に関する本の書評を書き、コンサートやオペラのプログラムを一緒に作る仕事もしていた。アメリカのカレッジを退職する際、年金として積み立てていた額を全額払ってもらったので、ドイツで小さな住居を買うことができた。彼は慎ましい暮らしをしていた。ベルリンの音楽シーンで重要な役割を演じている人々は全員顔馴染みだったので、どのオペラにもコンサートにも無料で行くことができた。そして、ホテル・サヴォイでの夜のパーティーで急《きゅう》遽《きょ》欠勤したピアニストの代わりを務めたので、そのホテルで無料の朝食を食べることができた。それでも、原稿の注文を受けることで、ギリギリ生活できるレベルだった。そのためときには、音楽が重要な要素となっている小説の書評を書くこともあった。

フィリップは勇気をふるい、十九世紀前半のビーダーマイヤー時代（小市民的な風俗や芸術が流行した）を舞台とした物語を創作した。カールスルーエ出身のレンツ姉弟は、姉がピアノ、弟がチェロを演奏し、熟練したデュオである。ある日、フルートを吹く少年がそこに加わる。そして、姉に恋をし、弟の友人になる。彼らはトリオとなるが、その少年は姉への恋が報われず、弟にも背を向けて去ってしまうのだ。姉弟のデュオはそのまま活動を続け、その町で有名になり、引っ張りだことなる。フィリップは、この物語を姉の手記や友人の書簡、そしてカールスルーエの音楽生活に関する同時代人たちの報告から再構成したように見せかけることができるだろうと考えた。

しかし、物語をまとめてしまうと、その話で自分の姿を隠そうとしていることにも思い至った。立派ではなかったことを物語のなかでは立派に見せかけ、苦しむ少年というマントを自分に着せ、エドゥアルトが被った痛手についてはデュオとして結局成功したという話で矮小化しているのだ。ズザンネが知りたいと求めていることに対して、それをあらかじめ無害化してしまうことなく受け止めなくてはいけないのだ。それに耐えなくてはいけない。しかし、彼女が馬上から偉そうに命令してくることに応じる必要はなかった。自分を弄んだ彼女には、命令されたくない。彼女の家にも泊まりたくなかった。講演は学術協会の建物があるパルメンガルテンで行われることになっていたので、フィリップはその近くにペンションを予約した。

彼はポスターの図案とタイトルに沿って、ファニー・メンデルスゾーンとフェリックス・メンデルスゾーンについての講演を準備した。音楽における彼らの結びつき、日曜ごとの音楽、そして音楽的環境。それは難しいことではなかった。彼は自分の著書に、そのことを記していたのだ。

8

フィリップは聴衆のためにホールが開場する直前にマイクテストを行い、そのあとはベルリンで知り合ったズザンネの友人とともに、控え室でイベントの開始を待っていた。その友人が、フィリップを聴衆に紹介することになっていたのだ。彼が下着会社をすでに売り払い、夫婦で大学に芸術とデザインのための寄付講座を開いたこと、本当ならズザンネの夫がフィリップを紹介するはずだったが、息子と一緒にジュネーブに行かなくてはならなくなったことなどを、フィリップは聞かされた。その友人はズザンネの夫ほど音楽に精通しておらず、講師の紹介は短くさせてほしい、とのことだった。

紹介されているときに最前列に座っているのは気が進まなかった。フィリップは壁にもたれ、どんな人が客席に座っているか、知り合いがいるかどうか、聴衆は年配なのか若いのか、彼らの顔つきで興味を持って聞いてくれるか退屈されそうかがわかるか、眺めていた。最前列の中央にズザンネが座っていた。端の方には車椅子に座った老人がいて、まるで居眠りしているかのように体を前傾させ、俯いていた。二列目には「フランクフルター・アルゲマイネ新聞」の音楽批評家が座っていたが、彼のことは毎年ブックフェアで見かけていた。ホールは満員ではなかったが、若い人がたくさん来ていたのでフィリップは嬉しくなった。男性よりも女性の方が多かった。ファニー・メンデルスゾーンは女性運動の象徴的人物になっていたのだ。

紹介が終わり、フィリップは演壇に向かった。車椅子の男のそばを通りかかったとき、「クソ野郎」という声が聞こえた。フィリップは足を止め、短くその男の方に向いた。彼はちょうど顔を上げ、もう一度小さい声で、しかしはっきりと聞こえるように、「クソ野郎」という言葉を吐き出した。隣席の人々もそれを聞いていて、フィリップは彼らの顔に、いかにも不快そうな表情が現れるのを見た。彼らはフィリップに同情するのではなく、その男のことを怒るのでもなく、ただこうしたハプニングをひたすら興醒めだと思っているのだった。その男はまたくずおれるような姿勢になり、フィリップは演壇に上がって見台に近寄った。声が出なくなり、話し出すことができずに、彼は沈黙していた。彼は、聴衆のなかにいる親切そうな顔を見つけて、そこに向かって語ろうとした。しかし、親切そうな顔はなく、ズザンネの顔さえ、親切そうにこちらに向けられてはいなかった。そこにはただ、緊張と自己抑制が現れていた。クソ野郎という声が、まだフィリップの耳のなかで響いていた。車椅子の男はエドゥアルトなのか？　フィリップは男を見てもそれと認識できなかったが、顔と声は弱々しいエコーのように響き合っていた。

彼はグランドピアノに向かって腰を下ろし、ファニー・メンデルスゾーンのピアノフォルテのための歌曲を一曲演奏することで、自分を救った。さまざまな曲を自分の講演のなかに組み込んでいたので、そのうちの一曲を弾き始めたのだ。それから紹介に感謝し、聴衆に挨拶をし、講演をして質疑にも応じることができた。車椅子の男の方を見るのはずっと避けていた。

講演会後のパーティーでも、彼はあの男からは距離をとっていた。あれがエドゥアルトではなかったことを確かめたいと思ったが、また暴言を吐かれるのはごめんだった。家で少人数用の夕食を用意してきたズザンネが彼を迎えに来て、一緒に車に向かったとき、車椅子の男はそばにいなかった。フィリップはホッと息をついた。

車のなかで、フィリップは尋ねた。「あれはエドゥアルトじゃなかったよね？」

ズザンネは彼に、軽蔑するような目を向けた。「彼だってことが、ほんとにわからなかったの？」

フィリップは首を横に振り、道路を眺めた。「そばを通りかかったとき、『クソ野郎』って言われたよ」

「彼は、自分をイライラさせるものすべてに対してそう言うのよ。何がイライラをもたらすのか、わたしにはわからないこともある。彼はあなたがわかったのかしら？」

「わからないよ、ズザンネ。最初に言われたときは、声が聞こえただけだった。二度目には、彼は顔を上げて、ぼくに向かって言ったんだ。でも、彼がぼくを見つめていたかどうかはわからない」車は高速道路に入り、ズザンネはスピードを上げて左車線を粘り強く走り、前をゆっくり走っている車をせっついたり、道を空けてもらえないときには右車線から追い越したりした。確実な運転だったが、フィリップは彼女の気を逸らしたくないと思った。

「この区間は知り尽くしているの。だから、話をしても大丈夫よ」

「ぼくが尋ねたいことはわかるだろう？　エドゥアルトに何があったんだ？」

「認知症よ。六年前から小さな発作が始まって、ひどくなっていったの。ときには症状が落ち着いたようにも見えるんだけれど、また新しい発作が起きて、集中力や記憶や自己抑制がさらに奪われてしまう。彼は以前から憎々しげで、他の人を見下したり、軽蔑したりするような態度をとることがあったけれど。それに下品だったり卑猥《ひわい》だったりすることもある。でもいまでは、しょっちゅう『クソ野郎』だとか『クズ』とか『豚』とか言うの。誰にも親切にしないし、わたしたちにもひどい態度なのよ」

「きみたちと同居しているの？」

「ええ、でも看護人がついているのよ。だけどエドゥアルトがひどいことを言うから、居ついてもらえないの。お金を出して、親切な言葉をかけてわたしが引き止めるんだけれど、それでもダメなときには代わりの人を連れてこなくちゃいけない。何もかもとても面倒なの。もし彼がよそに住んでいたら、もっと大変だったと思う。それに彼は、うちのなかのことはよくわかっているし」

なるほど、ズザンネの夫は「五番目の子ども」という言葉で、そのことを言っていたのだ。

「エドゥアルトはいつもきみたちと同居していたの？」

「夫は、エドゥアルトも引き取るという条件じゃないと、わたしと結婚できないとわかっていたのよ。エドゥアルトのために家を増築して、彼が望むように自立して生活できる場所を作ったの。住み込みの人のための住居もあるのよ。そこに以前は家政婦、いまは看護人が住んでいるの。足りないものは何もなかった。すべてが揃っているのよ」

ズザンネがエドゥアルトのためにしたことは愛情深く寛大だ、とフィリップは思った。しかし同時に、姉と弟がそんなに近くで同居することが、二人から空気を奪っていく拷問のようにも思えた。「夕食のとき、彼はいるの？」

「エドゥアルトはいつもそこにいるのよ。それが、まだ残っている関係をつなぎとめているのだと思う。彼が他の人を侮辱したりしたら、看護人が彼を連れて退出するの。でもしばしば、彼はただそこに座って、一緒にいることを楽しんでいるように見える」ズザンネは笑った。「あなた、彼のことが怖いの？」

フィリップは打ち消すように両手を上げたが、また下ろした。そう、彼はエドゥアルトを怖がっていた。探るように上げた顔、「クソ野郎」と言うささやき声、エドゥアルトがこちらを見るときにその目のなかに浮かんでいるであろうものを。高速道路から一般の州道に下り、そこでもフィリップが好ましいと思う以上のスピードを出して走っているズザンネを、彼は見つめた。彼女は決然とした表情で、両手をハンドルに置き、大胆に車を追い越したり、対向車がヘッドライトを減光しなかったり、無灯火の車が来たりした際には、大きく息を吐いた。ズザンネに伝えるべきだろうか？　彼はぐずぐずとためらっていた。「怖いといえば……実際、彼のことが少し怖いかもしれない」
「どっちでも別にいいのよ」

9

幸運なことに、彼の座席はエドゥアルトの隣ではなく、ズザンネと、講演会のときに彼を紹介してくれたズザンネの友人のあいだだった。彼の妻は、ブリッジの約束があったので講演会を欠席したことを残念がっていた。近隣から来た三組の夫婦が同席していたが、彼らは講演を聴いており、それにふさわしい質問をしたり、品のよいほめ言葉を並べたりした。エドゥアルトは全員が席についたあとで、車椅子を押してもらってフィリップの座席の後ろを通り、テーブルについた。フィリップは「クソ野郎」というささやきを待ち構えたが、今回は聞こえてこなかった。

会話のテーマは、ファニー・メンデルスゾーンの生涯から、十九世紀や二十世紀の女性の役割へと移っていった。食卓についていた女性たちは全員、裕福で働く必要はなかったのだけれど、それでも人生の大半を職業とともに過ごしていた。一人は不動産業。別の一人は理学療法のクリニックを経営して複数の職員を雇用していた。もう一人は競走馬専門の獣医だった。仕事を全うして成功した人間としての自意識を持つ彼女たちは、ファニー・メンデルスゾーンの控えめな自己充足は理解できない、という意見だった。彼女はどうして、自分が作曲した作品を出版しようとしなかったのか？　自分を応援してくれる男性もいたのに？

ズザンネだけが、ファニーに理解を示した。他の人にわからないのは、ファニーと弟のフェリックスとの絆だ、と彼女は主張した。ファニーは弟を愛し、彼と競争しようとはしなかった。競争には常に、どちらが上かと比べ合う可能性が生じるから。もし彼女が弟を上回ったら、それがたとえ一つの歌曲、一つのソネット、一つの三重奏であろうと、弟は賢いし正直なのでそれに気づいただろう、そして、破滅しただろう。「そうしたら、ファニーはどんな気持ちで生きていったかしら？」

「男にはそれが耐えられないから、女は男より成功すべきではないというの？」

「そうは言ってない」ズザンネは相手の質問に対してそう答えた。しかし、そのあとはもう論争を続ける気を失ったかのように、あるいはもうその力がないかのように見えた。ズザンネは呆然と一同を眺めた。「わたしにわかるのは、ファニーが弟を滅ぼしたくなかったってことだけよ」

フィリップはエドゥアルトの方を見た。彼は一晩中静かに車椅子に座っていて、ズザンネが彼のために小さく切ってくれたものをスプーンで食べ、たいていは俯いていて、ときおり他の人を見つめるために頭を上げた――それはまるで様子を窺っているように、フィリップには思えた。エドゥアルトの視線がこちらに向けられると、フィリップが誰なのか、エドゥアルトが徐々に悟ってきているように見えた。一同が食卓からソファに移動したとき、エドゥアルトはすぐには移動しなかった。しかしそれから膝が触れ合うほどフィリップに近づいてくると、フィリップを指差し、彼の胸を指でトントンと叩いて「クソ野郎」という言葉を吐き出した。それから拳骨を固めると、フィリップの胸や腹や両腕に殴りかかった。フィリップにとっては痛みを伴うほどではなかったが、エドゥアルトにしてみれば精一杯の力を出していた。必死の形相で、一発ごとに発する「クソ野郎」の声は、どんどん悲しげで哀れっぽくなっていった。フィリップの目からは涙がこぼれ落ちた。彼はエドゥアルトの両手を押さえると、言葉を詰まらせながら、「もういいよ、エドゥアルト、もういいよ」と言った。しかし、エドゥアルトを落ち着かせることはできなかった。看護人がやってきて連れていかれるときにも、エドゥアルトはまだ虚空を殴り続けていて、あいかわらず「クソ野郎」と言い続けていた。やがて、その声も聞こえなくなった。

一同は黙ってズザンネの方を見つめていた。彼女はこの一件を説明したり、お茶を濁したりしようとはせず、沈黙し続けていた。「そろそろ時間ですな」と友人が立ち上がった。「長い、すてきな夕べでしたよ。ズザンネ、すばらしい食事をありがとう。そしてあなたにも」と、彼はフィリップに向かってうなずいた。「刺激的な講演に感謝します」他の人々も立ち上がって別れの言葉を言った。少し慌ただしいようにフィリップは感じたが、自分が別れを告げる際にはたいてい、ゆっくりすぎてまどろっこしいのだと自覚していた。ズザンネの友人は、誰もフィリップを車でフランクフルトまで送っていけないことを残念がった。客たちはみな、バート・ホンブルクに住んでいたのだ。フィリップにはタクシーでフランクフルトに戻り、その領収書を他の領収書と一緒に学術協会に送ってほしい、と彼は言った。フランクフルトとベルリンのあいだを飛行機や鉄道で移動する際の長所と短所が、束の間の話題になった。それからフィリップは、ズザンネと二人きりになった。

10

「まだ帰らないで」とズザンネは言った。「一緒にテラスに座りましょう」

夏の終わりで、星空の下、夜は冷え込んでいて、ズザンネはウールの毛布を二枚持ってきた。かつてズザンネの実家のテラスや庭園にあったのと同じ、白くて四角い木製のベンチだった。二人はグラスに飲み物を入れてテラスに持っていき、自分の横の床の上に置いた。

「あなた、泣いたのね」

「すぐにまた泣いてしまいそうだよ」

「あなたのせいじゃないわ。たしかにあの当時、エドゥアルトはとても苦しんだけど、半年後にはもう立ち直っていたのよ。エドゥアルトは友情や愛情を受けても、うまく振る舞えなかった。財産目当てではなく、彼自身に興味を持ってくれる若い女性もいたんだけれど、彼は誰とも打ち解けなかった。彼は売春婦を買っていて、何人かとはわたしも親しくなったし、もしそのうちの誰かがとりわけ彼と親密になったとしても、反対はしなかったと思う。でも彼は、誰とも親しくなろうとしなかったし、同僚たちのなかにも友人はいなかった」

「彼はどんな仕事をしたの？」

「実家を出て、航空技術を学んで、戻ってきて父の会社に入ったの。父の研究所を継ぎたかったんでしょうけど、父は研究所を売ってしまったの。エドゥアルトは職員や顧客、国の担当部署、つまり人間とうまくやっていけないだろうと考えたのよ」

「お父さんが研究所を売ったとき、エドゥアルトは何歳だった？」

「四十六歳。研究所に残ることもできたんだけれど、残りたがらなかった。父からは自由にさせてもらっていたし、誰かから命令されるのが嫌だったのね。特許も取ったので、わたしたちの財産だけに依存して生きているわけじゃないのよ。それ以降彼が仕事をしなかったのは残念だけれど」

「きみは職業を持ったの？」

「わたしも父のところで働いたの。経営学を学んで、研究所の運営に携わったのよ。父は会計をぐちゃぐちゃにしていたし、エドゥアルトはそれに輪を掛けて混乱を招いた。彼らは学者肌だったからね」

姉と弟は一つ屋根の下で暮らしただけではなく、一つ屋根の下で働いたのだった。彼女は朝、エドゥアルトを職場に連れていき、夕方連れ帰ったのだろうか？　彼女は学者肌の弟が、収入や支出、税などの計算をしなくて済むようにしてやり、彼のためにその仕事を引き受けたのだろうか？　彼女は弟のために売春婦も選び、そのせいで何人かと親しくなったのだろうか？　五人目の子ども——彼女の夫はそれをほほえみながら言っただけではなく、真剣な意味合いも込めていたのだろうか？

ズザンネがフィリップの手をとった。「あなたが何を考えてるか、わかる。エドゥアルトとわたしは近すぎるのよね。でもこの近さがなければ、彼を守れなかったと思うの」

「どうしてきみが、彼を守らなくちゃいけないんだい？　一人で自立して生活している障害者を、ぼくはたくさん知っているよ」

「わたしもよ。でもエドゥアルトは違うの」

　エドゥアルトがどの程度違うのか、フィリップは尋ねなかった。彼女が何を答えようとも、彼女がエドゥアルトを守らなければいけなかったとは、フィリップには思えないだろう。そして、彼がどんなに異議を申し立てても、彼女はエドゥアルトが、彼女なしで自立できたとは思わないだろう。それに、起こってしまったことはもう仕方がないのだ。しかし一つだけ、訊いておきたいことがあった。「彼を守る仕事を──きみは喜んでやったのかい?」

「怒らないでね、フィリップ。でもこれはバカな質問よ。あなたは喜んで、両親の子どもだったり、自分の姉妹の兄や弟だったりした? あなたにはまさに、音楽の才能があったけれど──喜んで自分の人生を音楽の方に向けたのかしら? ウズベキスタンやコモロ連合ではなく、アメリカやドイツで暮らしたことも、喜んでしたことなの?」

「エドゥアルトの世話をするのが、きみの唯一の才能だというならともかく……」しかし、フィリップはそれ以上言いつのりたくはなかった。ズザンネの手は冷たかったので、彼はそれを握ってこすり、温めた。彼女がもう一方の手も差し出したので、彼はそれも温め、両方の手を握っていた。彼女は彼の方にすり寄り、彼にもたれかかった。

「泊まっていってちょうだい」澄んだ夜空を見上げながら、彼女は言った。「明日は天気がよくなるわ。一緒にテラスで朝食をとりましょう。そのあとで、あなたを町まで送って行くから」

11

ズザンネはフィリップをテラスの上階にある部屋に案内し、夫のパジャマを貸すと、すばやくキスをして「おやすみ」と言った。そのキスは、ずっと昔のすばやいキスを思い起こさせた。ベッドからは平野が見渡せた。運送や荷下ろしが行われている村々やガソリンスタンドやホールなどが見え、真夜中を過ぎても道を走っている少数の車が見えた。フィリップは横になって景色を眺め、そのまま起きて考えごとをしていたいと思った。しかしいつの間にか眠ってしまい、そのあとすぐに目が覚めたときには、まるで眠っていなかったような気がした。

ズザンネが部屋に入ってきて、ベッドに潜りこみ、彼の隣で横になった。彼はズザンネの体を手探りしたが、彼女は彼の手を摑み、その仕草で距離をおきたがっていることを知らせた。

「事故じゃなかった。わたしがエドゥアルトを突き落としたのよ。わたしたち、崖の上で遊んでいたの。そして、わたしが彼を突き落とした」

フィリップは待っていたが、ズザンネはそれ以上話さなかった。フィリップは尋ねた。「どうして?」

「わたしがエドゥアルトの言うとおりにしなかったから、彼が怒って、文句を言って叩いてきて、最後にはわたしのお気に入りの人形を崖の上から投げ捨てたの。それで、彼を突き落としたのよ」

「でもきみはまさか……」

「あの子が死んじゃえばいいと思った」

フィリップは自分も子どものころ、何かに腹を立てて、両親や自分より強い兄やうるさく駄々をこねる妹が死んでしまえばいいのにと願ったことがたびたびあったことを思い出した。もし一突きでそれができてしまったとしたら？

「エドゥアルトはそのことを知らない。誰も知らないの。両親には事故だったという以外の想像はできなかったし、エドゥアルトは脳震盪を起こして、逆行性の記憶喪失になってしまったの。でも、年月が過ぎてからいろいろな記憶が蘇ることもあるし、もし彼が突然頭を上げて、覚めた鋭い目でわたしを見つめて『ぼくを突き落としたんだね』と言ったら、どうすればいいのかしら」

「エドゥアルトは認知症なんだろう」

「認知症のせいで突然記憶が蘇ることがあると思う？」

フィリップはゾッとした。こんな不安を抱えて日々を過ごし、こんな気持ちで眠りにつき、目覚めるなんて。拷問と言えるほど弟の近くにいて、真実が露見するという不安に苛まれて——ズザンネはどうやってこれに耐えてきたのだろう？「エドゥアルトにすべて打ち明けようと思ったことは？　そうすれば乗り越えられるんじゃないかな？」

「でもそのあとは？　打ち明けたからって、彼の世話をせずにすむわけじゃないでしょ。おまけに彼はわたしを憎んだと思うし、それを自分だけの秘密にもしないと思う」

「きみの全生涯は……」フィリップは涙が喉に詰まって、それ以上話すことができなかった。

「わたしが彼をほとんど殺しかけたから、わたしの人生は彼の周りを回ることになってしまったの。夫はこれ以上ないくらい、いい人よ。注意深く、思いやりがあって、寛大で。わたしが知っているたいていの父親より、ずっと多く子どもの世話もしてくれた。でもわたしが彼と結婚したのは、彼がエドゥアルトを五番目の子どもとして受け入れてくれたからなの」

「彼を愛してるんだろう?」

「できる限り、愛そうとしてる。若いときは恋愛をせずにきてしまった。そして、若いときに恋愛を学ばないと、もう愛し方がわからないのね。あなたが若いときの恋人になるはずだったのに」

「どうして……」

「どうしてあなたがそうならなかったのか? わたしだけがあなたと一緒に幸せになって、エドゥアルトを一人にするの? いいえ、あなたに与えたい愛情は、エドゥアルトの犠牲の上にしか成り立たなかった」ズザンネは小さく笑った。「ときには、思いを遂げられなかった若いころの愛をやり直したいと思った」彼女はフィリップの手を握ったが、まだ距離をおいていた。「ひょっとしたらそのために、あなたをここに呼んだのかも」彼女はフィリップの方に体を向けた。「一度セックスしたからって、愛をやり直すことはできないとわかってる。一緒に寝るかどうかが問題ではないの。他の男たちと寝たって、エドゥアルトから何かを奪うわけじゃないし」

フィリップも彼女の方を向いた。「きみと寝るなんて——あのころ、夢にも思わなかったよ。きみを抱き締めたり、キスしたり、きみの胸で自分の胸を感じたりしたい、プールやカウチやぼくのベッドできみの隣に横になりたいとは思った。ときには朝目覚めたときに、ベッドが濡れていることもあった。ぼくはきみの夢を見ていたんだ。でも一緒に寝る夢じゃなくて、単にきみを夢見ていたんだよ」フィリップは、彼女がたったいま言ったことについて考えた。「たくさんの男たちと寝たのかい?」

「ええ、結婚してからもね。そんなことは重要じゃなかった。重要じゃなかったから、夫が何か気づいて傷ついたときには、やめることができた。わたしが浮気していると思ったのね。でも浮気じゃなくて、行きずりの関係だった、ある日の午後だけとか、夕方だけとか、一晩だけ。夫を傷つけたくはなかったの」

「若いときの恋をやり直すのは浮気じゃないかな」

ズザンネは長いこと、何も言わなかった。ズザンネが自分を見つめているのか、目を開けているのか閉じているのか、眠ってしまったのか、フィリップにはわからなかった。起きて考え続けていようとまた思ったけれど、今度もいつのまにか眠ってしまった。

12

ズザンネの答えで、フィリップは目を覚ました。「ええ、浮気になるでしょうね」彼女は小さな声で笑ったが、フィリップにはその笑いが何を意味するのかわからなかった。「あなたはわたしを抱き締めたかったの? キスしたかった? 胸に触りたかった? パジャマを脱ぎなさいよ」彼女は掛け布団をはねのけると、起き上がり、パジャマを脱いだ。彼女を見ていたフィリップも、同じようにした。全裸になっても、ズザンネは美しかった。一瞬、フィリップの脳裏を、この胸は本物だろうか、彼女が言ったことは本当だろうか、また自分とゲームをしているだけなんじゃないか、といった思いがよぎった。自分はもう、そのゲームにはまってしまったのだろうか？　ここを出ていくべきなのだろうか？　もしタクシーを呼んだり待ったりする必要がなく、自分の車が玄関先に停まっているのだったら、ここを出ていくだろうか？　それから、彼は彼女を抱き締め、彼女の肉体を感じた。ズザンネは言った。「心配しないで。遊びじゃないから。あなたとのことは、遊びじゃない」

セックスをしているとき、フィリップはまるで十六歳のズザンネを腕に抱いているような気がした。そして自分自身も、また十六歳に戻ったかのようだった。このベッドでの抱擁は、当時彼が夢見ていた、自分のベッドでの抱擁のように思えた。当時の自分が憧れていたことがらが、当時の憧れを超えて——それどころか、あれ以来、女性に関して彼が憧れたり体験したりしたことすべてを超えて、実現したかのようだった。

頭を彼の腕に乗せ、彼の手を腹に乗せた格好でふたたび並んで横たわったとき、彼女は話し始めた。フィリップを初めて見たときから好きだったこと。彼を求める気持ちが起きれば起きるほど、彼を突き放さずにはいられなかったこと。もしエドゥアルトがフィリップと仲良くなって幸せになるのなら、自分もフィリップと親しくなっていいんだと思っていたこと。「あなたがアメリカに行ったとき、わたしは一言も非難しなかった。でも、わたしは悶々としていたの。長いこと、あなたが戻ってきたら一緒にやれるんじゃないかと思ってた。でもそうなったら、またあなたとエドゥアルトを一緒にしなければいけないこともわかっていたのよ」

「ぼくはアメリカで、きみとエドゥアルトのことを無理やり記憶から消そうとしたんだ。でもハイスクール時代のガールフレンドのジュリーは、クラス中で一番きみによく似た人だった」彼はズザンネを見つめた。「きみほどの美人じゃないけどね。でもブロンドで、明るい色の目をしていた。姿勢もまっすぐだったよ」

「わたしとの思い出のせいで彼女を選んだ、って自覚していたの？」

「いいや、でもきみとベルリンで再会してから、思い出の品々を引っ張り出してみたんだ——写真が入っている段ボール箱からね。きみたちが似ていることに、当時気づかなかったとは思えない。ただ、自分で認めたくなかっただけなんだ。ぼくたちの写真も見つけたよ。ぼくときみが、バルコニーにいる写真だ。エドゥアルトが撮ったんだね。もっとたくさん撮影したと思うけど、その一枚しか持っていないんだ」

「ときおり、あなたはエドゥアルトの親友であると同時に、わたしの恋人にもなれるんじゃないかと考えた。でも、愛することができないのに焼きもちを焼く人はいるものよ。そして、エドゥアルトはそういうタイプなの。いまでもね」

「きみのために、物語も考え出したんだよ」フィリップは、レンツ姉弟とその友人、彼らの家庭音楽、友人との別離、姉弟がそれでも音楽を続けたことなどを話した。「でも結末が気に入らなくて、晩年にまた三人が再会し、また一緒にトリオとして演奏し、町で評判になる、というストーリーにしたんだ」

「町で評判になる必要なんかないわよ。また一緒に家庭音楽をするだけで充分」しばらくの後、彼女は言った。「友人が姉のためだけに戻ってくるとしたら、もっとすてきね」

「そうだね」どうして、そのことを思いつかなかったのだろう？　でもこの物語は、ベルリンで再会し、ハイデルベルクにいた当時と同じくどこかよそよそしく思えたズザンネを念頭に考えたものだったのだ。ただ、彼女はベルリンではよそよそしいだけではなく、彼をフランクフルトに誘いもした。どうしてよそよそしい態度の方を本物だと思い込み、彼女はくりかえし彼に好意を見せていたのだ。どうしてよそよそしい態度の方を本物だと思い込み、他の要素を見せかけやゲームだと思ってしまったんだろう？　どうして自分はただ待つだけの態度をとり、見せかけを破ったり、ゲームをやめさせたりしなかったのだろう？　他の人が望むことや環境が要求することを待っていただけ――フィリップには、自分が自ら行動するのではなく、ただ待っていた状況が次々に思い浮かんだ。「いや」と彼は言った。「いや、この話はやめよう」

ズザンネは眠ってしまった。フィリップは、彼女が呼吸する音を聞いていた。規則正しい呼吸、小さなため息、息を吐く際のいびき。用心深く彼女の頭の下から腕を引き抜くと、彼女はフィリップには聞き取れない何かを呟き、体をすり寄せてきた。そうして、彼も眠り込んでしまった。

13

ズザンネがフィリップを起こした。彼が寝室の横のバスルームで歯を磨いて洗顔し、彼女が置いてくれたガウンを羽織るあいだに、ズザンネはすでに用意した朝食をテラスに運び、彼のことを待っていた。階下に行って外のテラスに出たフィリップは、まぶしい光に目がくらんだ。最初はズザンネの黒い輪郭だけが見え、それから色褪せた表現主義の絵のようになり、最後に顔と姿がはっきりと識別できた。彼女は手すりにもたれて、正面からフィリップを見つめていた。

朝食のあいだ、彼女は愛情深く、親切だった。しかし、彼がベルリンかどこか、彼女にとって都合のいい場所で再会しようと持ちかけると、態度を変えた。

「どうした、ズザンネ？」

「別に。夫がいないときなら、ここで一緒に過ごせる。あなたがここに来てくれればいいと思う」

「ぼくは……」

「夫は今晩戻ってくるけど、二週間後には香港に行く。そうしたら……」彼女は勢いよく立ち上がった。「わたし、十二時にフランクフルトに行かなくちゃいけないの。準備してくれる？　そしてもう一つ、お願いを聞いてくれる？」フィリップが何か答える前に、彼女は姿を消した。

彼はシャワーを浴び、髭を剃り、服を着た。それからテラスの横のサロンでズザンネを待った。腰は下ろさず、部屋のなかにあるエミール・ノルデの絵画やジャコメッティの彫刻に歩み寄ったが、それらをじっと見ることはなかった。古くて高価そうな革製の本も並んでいたが、フィリップはタイトルを見るわけでもなく、そこにあるスタインウェイのピアノの蓋を開けて、いつもならやるように音を鳴らしてみることもなかった。

「さて」きちんと着替えてサロンに入ってきて、ハンドバッグをいじくっていたズザンネが言った。「昨日、講演の前に演奏した曲を、もう一度弾いてくれない？　それとあと一曲か二曲を？」

フィリップはズザンネを見つめた。彼女の問いや態度について、どう判断すべきかわからなかった。

「あなたは昨日、演奏に没頭していて、エドゥアルトがその曲を聴いているあいだ、どれほど落ち着いて機嫌よくしていたか、見られなかったわよね。彼を落ち着かせるにはＣＤではなく生演奏でなくてはいけないの。そしてピアノ曲、それもロマン派の曲でなくてはいけない」小さなお願いを聞いてほしいという小さな懇願——ズザンネは顔を上げず、フィリップを見ようともしなかった。

ズザンネが入ってきたドアのところに、車椅子を看護人に押してもらったエドゥアルトが座っていた。前屈みになり、俯いている。フィリップはエドゥアルトからズザンネへと目を移し、彼女がハンドバッグから車のキーを取り出して、フィリップに顔を向け、頼むような、尋ねるような、絶望したような表情をするのを見ていた。フィリップはピアノの前に座り、昨日の曲を演奏し、さらに一曲、もう一曲と弾いた。それから立ち上がり、自分のカバンを持つと、ズザンネについてガレージの車のところに行った。

きょうの運転はゆっくりだった。まるで、何か言ったり尋ねたりする時間をフィリップに与えたがっているみたいだった。しかし、フランクフルト駅に到着するまで、彼は沈黙していた。

彼は口を開いた。「ぼくにはできないよ」

「できないのね」彼女は事務的に言ったが、フィリップにはその口調はがっかりしたように、もしくは軽蔑的に響いた。彼は説明し、自己弁護し、自分を正当化したいと思った。そのとき、彼女のすすり泣きが聞こえてきた。「ごめんなさい」と、彼女はしゃくりあげた。「ごめんなさい」フィリップは彼女を抱き締めた。別れのためか、それとも和解のためか、自分でもわからなかったが、彼女はされるがままになっていた。

そうやって二人は途方に暮れながら車内に座っていたが、その車が駐車場の出口を塞いでいるといって、一人の女性が窓をノックした。ズザンネは体を起こし、両手で顔をこするとエンジンをスタートさせた。フィリップは困惑し、混乱しながらドアを開け、車から降りた。しかし、体を屈めてもう一度車内を覗き込んだ。「ぼくは……」それ以上、何を言っていいのかわからなかった。少なくとも、エンジンが動き出し、女性が待っている前で、そんなに早く言葉を思いつくことはできなかった。「わかってる」ズザンネは言った。彼女は手を伸ばしてフィリップの頬を撫でた。それからドアを閉め、車を発車させた。

ペンダント

Das Amulett

1

電灯の明かりのなかで玄関の鍵を開けようとしていると、一人の女性が暗闇から光のなかに歩み出てきて、「いま、お話しできますか?」と声をかけてきた。

知らない女性だった。夕刻で、彼女は疲れていた。一日中、診療所で働いていたのだ。その診療所は数年前に売却したのだけれど、古くからの患者の診察はいまもそこで行っているのだった。たまに、新しい患者が診てほしいと言ってくることもある。しかし、自宅の方に患者が来ることは、これまで一度もなかった。「診察なら、明日の十時からまた診療所でやりますけど」

「診察ではなくて……だんなさんの件なんですが」

「わたしの夫ですって?」言われた方の彼女は首を横に振った。彼女は十九年前に離婚し、それ以来男性といくつかの出会いはあったし、いまも付き合っている人はいた。しかし、頭のなかで「夫」として思い浮かべられるような人は一人もいなかった。

「あなたが離婚した夫のミヒャエルのことです。わたしは……」

「離婚した夫のことは話したくありません」彼女はすばやくドアを開けるとなかに入って閉め、

玄関ホールで壁にもたれた。ミヒャエルについて何か書こうとしているジャーナリストだろうか？　彼についての記事がくりかえし出ていて、彼女もそのことで話しかけられたりしていた。結婚していたころ、彼は市参事会の重要メンバーで、離婚してからは人気のある市長となった。つい先日、彼は再選のために立候補することを断念し、引退を発表して人々を驚かせたところだった。このジャーナリストは、その背景を知りたがっているのだろうか？　彼女自身は何も知らなかった。彼女はミヒャエルと関わりたくなかったし、実際何の関係もなかった。大都市に住んでいたので、会わないようにするのは可能だった。彼女は彼について話すのも避けていた。彼の悪口を言いたくなってしまうから、という理由ではない。そんな誘惑に屈するには、彼女は誇り高い女性でありすぎた。

そうではなくて、いまも心が痛むからだった。長い年月が過ぎても、まだ痛むのだ。かすかな痛みだから耐えることはできるのだが、ずっと続いていた。それでも幸せを感じたりすることはできたが、ずっと幸せではいられなかった。幸福を信じられなかった。かつて幸福に身を委ねたことがあったが、裏切られたのだから。ミヒャエルはオ・ペア（語学を学ぶためにホームステイする制度。滞在費を払う代わりに家事手伝いなどをする）に来ていた娘と一緒に出て行ってしまったのだ。よくある話。彼女はそう言って友人たちと笑い、それが苦々しい笑いではなく、相手を見下す余裕の笑いであることを望んだ。

遠慮がちにドアをノックする音がした。無視していると、呼び鈴が鳴った。音がしたと思ったらもう中断するような、おずおずとした鳴らし方だった。しかし、彼女にとってはその音は大きく感じられた。もう一度呼び鈴が鳴ったとき、彼女はドアを開けると外の女性を怒鳴りつけた。

「そっとしておいてちょうだい！」

女性はうなだれ、肩を落として立っていた。顔を上げると、泣いていた。泣いているあいだに顔が変化し、子どもっぽくなっていた。

「ミレナ？」

女性はうなずいた。「ごめんなさい。来られるかどうか訊いてほしいって、彼に頼まれたんです」

かつてオ・ペアで滞在していた女性を、彼女は上から下まで眺めた。以前のミレナは美人で金髪碧眼、スタイルもよく、挑発的な女性だった。服装もきちんとしており、いつも外見を整えることを好んだ。しかしいま、疲れ切って不安そうな、泣きはらした顔の上で、目は小さく、唇は細くなっており、肌はたるみ、鼻翼と口角のあいだの皺は深くなっていた。ミレナは肥ったわけではなかった。しかし、コートの前を開いた姿には腰のくびれがなかった。

「よそよそしい話し方をする必要はないわよ。以前は友だちのように話していたでしょ。忘れたなら教えるけど、わたしの名前はザビーネよ」彼女はミレナに対して、寛大に振る舞えるほどの優越感を感じていた。「お入りなさい」

2

ザビーネは電気をつけ、リビングルームとダイニングルーム、キッチンを兼ねた大きな部屋にミレナを導いた。離婚後、テラスハウスの一階をそのように改築したのだ。コートを脱ぐように指示をし、大きなダイニングテーブルの席に着くように勧めた。「お茶？　ワイン？　それともウイスキーがいいかしら？」

「ありがとう、何もいりません。お邪魔はしたくないんです。ただ、ミヒャエルが……」

「落ち着きなさいよ。赤ワインを開けるから」

ザビーネが棚からボトルを取り出し、コルクを抜いてグラスをテーブルに並べ、注いでいるあいだに、ミレナは用心深くあたりを見回していた。彼女は二十年前にここでスタートしたのだ。ポーランドからのオ・ペアで、こんなにいい家に住めることを喜んでいた。夫は政治家、妻は医師という家庭には、十三歳と十五歳の二人の子どもがおり、ミレナは彼らと友だちになってドイツ語を学ぶことを期待していた。当時、リビングとダイニングとキッチンはまだ別々だった。夫婦と子どもたちは二階に部屋があり、ミレナの部屋は半地下だった。あの部屋はどうなったろう？　もしミレナが一年のオ・ペアの後、計画通り法律を勉強してドイツとポーランドで活躍する弁護士になっていたら、彼女の人生はどうだったろう？　もし彼女がミヒャエルといちゃいちゃしなければ、あるいはもしミヒャエルが彼女の戯れを真剣に受けとめなければ、もしくは彼女の部屋のドアをノックしなければ、彼女がドアを開けなければ？　ミレナはどんな男性ともいちゃいちゃし、ミヒャエルに対しても本気だったわけではなかった。妻の旅行中に彼が自分の部屋のドアをノックすることなどあり得ないと思っていたのだ。ミレナは期待に胸をときめかせてドアを開けたのではなく、ぎょっとして、混乱しながらドアを開けたのだった。彼を好きになったのはずっとあとのこと、浮気や別離や離婚、結婚と息子の誕生をめぐる騒動が過ぎ去って、ミヒャエルがどれほど思いやり深く忠実で、愛情に満ちた夫であり父親であるかに彼女が気づいたときだった。

「ミヒャエルがどうしたの？」

「リンパ節の癌を患っているのに、長いあいだ症状を軽視していたんです。どんどん痩せて、いつも体がだるくて、昔のように仕事ができず、しょっちゅう微熱も出て、寝汗もかいて——でもミヒャエルはずっと、市長の仕事で疲れているんだと思っていて、休暇が必要だと考えました。そして、休暇をとっても症状が改善しなかったので、引退することにしたんです。そのあとでようやく、病院に行かせることができました。医者が別の医者を紹介してくれて、しまいには化学療法を勧められました。そうすれば少し延命できる、と。でもミヒャエルはやりたくないそうです。まるで、わたしが子どものころにもらった犬みたいです。もらったときにはもう年取っていて、すぐに死んでしまいました。ミヒャエルはベッドから起き上がると、疲れた足でソファまで行き、天気のいいときにはテラスに行って、座ったり横になったりしたまま、じっとしています。ちょっとしか食べないし、本も読まないし、話もほとんどしない。いまはまだモルヒネは必要ないけれど、もう症状が進んでいるので、すぐにも必要になりそうです」

「子どもたちは？」

「もう家を出ています。長男はイギリスの大学に行っていて、二人の娘たちは寄宿学校にいます。子どもたちが見舞いに来てくれるとミヒャエルは喜びます。たくさんは話さないけど、子どもたちが、彼が子どものころ好きだった本を朗読してくれるんです。わたしも本を読んであげています。ミヒャエルはいま、あなたに来てほしいと願っているのです。あるいは、どこかで会ってほしいと。あなたはわたしたちの家には来たがらないだろうと、彼は理解しています。彼はいまならまだ、カフェや公園のベンチには行けるのです」

3

「彼はわたしに何を望んでいるの？」

　ザビーネが自分のグラスからワインを飲むと、ミレナもそれまで放置していたグラスに手を伸ばした。ミレナはグラスを持ち上げたが、飲まずにまた置いた。「そんなこと、どうしてわたしにわかるでしょう？」彼女の声の響きは前と変わって反抗的になり、拒むような調子になった。「ひょっとしたら手紙に書いてあるかもしれません。彼の話では、あなたに手紙を書いたけれど、返事がなかったって。だからここに来たんです。彼が会いたがっていることを知っていただけるように」彼女は膝に掛けていたコートのポケットから、メモを取り出した。「これが彼の電話番号です。彼はいつも手元に電話を置いているから、わたしが出ることはなくて、必ず彼に通じます」ミレナは立ち上がった。

　ザビーネも立ち上がった。しかし、二人ともすぐには玄関に向かわなかった。ザビーネは、ここに来るのがミレナにとってどんなに辛いことだったかを理解した。彼女の優越感にはかすかに、「いい気味だ」と思う気持ちと同情とが混じり合った。「ここに来るのは楽ではなかったでしょうね」そう言ったザビーネは、ミレナがたじろぎ、ザビーネの言葉を慰めととるべきか侮辱ととるべきかわからずにいるのに気づき、「そのことは尊敬する」と伝えた。

　ミレナは肩をすくめ、玄関に向かった。ザビーネもあとについていった。「考えておく、と彼に言ってちょうだい」ミレナはうなずき、小さい声で挨拶すると、外に出ていった。

ミレナの訪問は、ミヒャエルとザビーネの関係を、どんなに変えたことだろう！　ミヒャエルはもはや思い出やイメージではなく、ふたたび現実の人となった。ザビーネはミレナの話によってのみ、ミヒャエルの現実に出会ったのだったが。それは、これまで彼女の人生や世界、愛情を何となく狂わせていた実体のないかすかな痛みを、感情の嵐によって打ち倒してしまうには充分だった。彼女は彼が病気であることを受け入れた。それはまるで、彼に対してついに手にした勝利のようだった。ザビーネは彼に、もはや美しくない妻がいることも認識した。彼は自分の願いのために元妻のところに派遣することでミレナに屈辱を味わわせたが、ミレナはそれに対する償いを彼に求めるだろう。ザビーネはミヒャエルが自分に会いたがっているのを知って、勝ち誇った。彼がザビーネを必要とし、彼女の赦しなしには死ねないでいることを。強くて頑丈な体の持ち主で、大きな木が倒されるように心臓発作で死ぬのがお似合いだった男が、癌で衰弱しているのを気の毒にも思った。それと同時に、早すぎる死に向かっている彼の人生を、ミレナと一緒になって若返ろうとし、彼女を捨てていったことへの罰のようにも感じた。彼はすでに年を取っていたのに不正な手段で若さを手に入れ、いまはまだそんな年ではないのに人生の終わりにさしかかっているのだった。彼は当時も未熟だったし、いまも未熟なのだ。彼はあのころザビーネに向かって、ぼくの気持ちを理解して慰めてくれ、と言ったのだった。悪気がないのに大混乱を巻き起こしてしまった少年を母親が慰めるように。ザビーネを妻とは見ずに、母親の役を押しつけるとは、何という侮辱だろう！　いや、自分はミヒャエルには会わないだろう。いやいや、やっぱり会って、彼を侮辱してやろう。彼が自分を侮辱したように。自分とミレナを、そしてよくわからないが他の女性たちをも。

ザビーネはテーブルに向かって座り、ボトルのワインを飲み切ると、さらにもう一本を開けた。それとも自分は母親のふりをして、彼を小さな子どものように扱ったのだろうか？　彼女は、自分が思い通りに行動するタイプで、自分の意見を押し通すことを自覚していた。そうやって長年診療所を運営してきたのだし、しばらくのあいだ、健康保険医連盟の長も務めたのだ。そうやって子どもたちのことも、正しい道に導いてきた。なかなか決断できなかった息子、才能があるのに自信が持てなかった娘。近年、子どもたちとミヒャエルにはどんな関わりがあっただろうか？父親に会いたいという願いを、子どもたちは両親の離婚後に放棄してしまった。あるいは彼女が、子どもたちからその願いを取り去ったのだろうか？　いずれにしても、子どもたちはザビーネと暮らしているあいだは父親に会わなかった。その後、子どもたちがお父さんに会いたいとほのめかしたとき、ザビーネは、好きなようにしなさいと答えたのだった。彼女はそのことに関わりたくなかった。

夜の九時半だった。子どもたちに電話するのに遅すぎる時間ではない。息子のベルトラムは自宅にいた。「最近、お父さんに会った？」

電話の向こうからは話し声や笑い声、音楽が聞こえてきた。「別のときじゃダメかな？　いまはお客さんがいるんだ」

「それなら別の部屋に行きなさいよ。わたしはただ……」

「いまはダメだよ、母さん。明日電話するから」ベルトラムは受話器を置いた。

彼が客たちとパーティーをしている住居は、ザビーネが買い与えたものだった。写真家としての収入は少ないので、毎月小遣いもやっていた。それがなければ、客たちとパーティーなんてできないはずだ。ザビーネが彼を学校に行かせ、課程を修了するように言い聞かせなければ、彼は写真家になれなかったし、一緒にパーティーをする友人もいなかったはずだ。彼女は深く息を吸い込んだ。もう一度息子に電話して問いただすことを、自分に禁じた。そして、娘に電話をした。

「最近、お父さんに会った？」

「なんでそんなこと知りたいの？」

「会ったの？」

娘ははっきりと聞こえるほど強く、息を吐き出した。それによって高飛車な母親への怒りを表明しているのか、要求された情報を与える準備を整えているのか、ザビーネにはわからなかった。

「お父さんが自分の妻を、わたしのところによこしたのよ」

「わたしたち、これまでまったくお父さんの話をしなかったわよね。そろそろ話すべきかもしれない。でも、夜中に電話で話そうとは思わない」

「夜中ですって？　まだ十時にもなってないのに」

「お父さんがどんな具合か、ミレナから聞かなかったの？」

「聞いたわよ、でもあなたたちは、わたしのことでお父さんと話した？　なぜ彼がわたしに会いたがってるのか、知ってる？」

「知らない。お父さんがお母さんに会いたがってることも知らなかった。わたしにはどうしようもないわ、お母さん」

娘がまだ何か言うのではないかと、ザビーネは待っていた。待っても無駄だと、わかってはいたのだが。「じゃあ、おやすみ」

「お母さんも、よく寝てね」

ザビーネは、娘よりも先に受話器を置いた。ミレナはミヒャエルが書いた手紙のことを話題にしていた。しかし、ザビーネは手紙など受け取っていなかった。用件を文書で知らせるように、ミヒャエルに求めるべきだろうか？　いや、それはできない。ザビーネには、ミヒャエルに会うか会わないかの選択肢しかなかった。

自分は彼に会いたいのだろうか？　彼が弱々しく不幸になり、彼女に対して負い目を感じ、赦しを必要としている様子を楽しみたいのか？　彼を赦したいのか？　それは可能なのか？

4

ザビーネはその週も翌週も、決心がつかなかった。冬が終わり、日が長くなっていった。夕方の帰宅時にも、家の周りはもう暗くなかったので、ミレナが待っていたらすぐに気づいただろう。しかし、ミレナはもう来なかった。ミヒャエルからの手紙も来なかったし、ザビーネが子どもたちに、ミヒャエルのことで話をすることもなかった。

思い出が、また生き生きと甦ってきた。あのころのミヒャエルは、母親に慰めてほしがる子ども、というだけではなかった。ザビーネが失望や不快や憤りを露わにすると、ミヒャエルはそれを負担に感じた。妻のそんな感情には付き合いたがらなかった。となると、ミレナのそばの方が彼には居心地がいいのだった。二人できちんと話したり、喧嘩したり悩んだり泣いたりする前に、ミヒャエルは家を出て行ってしまった。彼のオフィスや、ミレナと一緒に暮らしているアパートの前で彼を待ち伏せして、きちんと話してくれと懇願したり怒鳴ったりしたことを思い出すと、いまでも屈辱感で顔に血が上ってくる。彼は用心するような、困惑した表情で、彼女の脇をすり抜けていったのだった。

その表情には見覚えがあった。誰かが家や庭で彼の手伝いを必要としたり、子どもたちが彼を仕事から引き離したり、彼には好かれていないのに彼のことを大好きな犬が飛びついたりしたとき、ミヒャエルはその表情を浮かべるのだ。ザビーネはミヒャエルの別の顔も思い出した。男らしい顔、子どもっぽい顔、不安そうな顔、魅力的な顔。その魅力的な顔によって、一人前の男のなかに子どもっぽさも輝き出て、女たちは彼のファンになってしまうのだった。ミヒャエルが怒っている顔は思い出せなかった。他の人が強い感情を示すと彼は逃げようとするが、彼自身が強い感情を示すことはないのだ。ザビーネも、別れることになるまでは怒りを見せたことはなかった。彼とうまく生きていくためには強い感情は押し殺した方がいい、と感じ取っていたのかもしれない。

ザビーネはあるとき、倉庫から古いアルバムを出してきた。一ページごとに眺めていると、自分たちがどんなに若かったか、写真でも人生でもどんなに鈍くさい様子をしていたか、子どもたちはなんとおとなしく見えることか、写真に写っている人々がなんてよそよそしく思えるのか、驚かずにはいられなかった。そのとき、同僚で友人のフォルカーが立ち寄ってくれた。ザビーネがセックスをする相手でもある。

「見てもいい?」フォルカーは彼女の横に腰を下ろすと、一緒にアルバムを眺めた。しばらくして、彼は尋ねた。「過去を思い出して、どうしたいわけ?　この二週間、様子がおかしいね。ここにいるでもなく、いないでもなく、自分がどこに属するのかわかってないように見える」

ザビーネは首を横に振った。「倉庫でバッグを探していて、アルバムを見つけただけよ。ほんの思いつきで、棚から下ろして眺めていただけなの」フォルカーにミヒャエルの話をするのは裏切りのように思えることに気づいて、ザビーネは驚いた。なぜなんだろう？

初めて春のように暖かくなった日、彼女はカフェ「ディルタイ」のテラス席に座っていた。すると、ミレナが通りかかった。今回はきちんと身なりを整えて、美しく輝いて見えた。ミレナは彼女の体に腕を回している男性に笑顔を向けていた。ザビーネの方は見ず、ただ男だけを見ている。これほど周囲を忘れて自分たちに集中していられるのを、ザビーネは羨ましく思った。そしてミヒャエルは、前よりまた少し小さくなっていた。

ザビーネはついに、一番の親友で付き合いの長い女友だちに、自分のジレンマを打ち明けた。女友だちは正しいことだけを語った。誰かを赦すとき、相手のためにそうするのであっても、実はそれ以上に自分のためでもあるということ。ミヒャエルと会えば、それはザビーネにとってもいいことであること。裏切ったのは幸運にも彼女ではなく、彼の方なのだから。彼は当時、彼女との関係を終わらせたかもしれないが、彼女はまだ終わらせられていない。そしてもしいま、ようやく彼と決着をつけることができれば、また幸福になれるチャンスがある。子どもたちは父親とコンタクトしているが、彼女がミヒャエルに会っていないので、彼について話そうとしない。そんな子どもたちとの関係も、これからはもっと屈託のないものになるのではないか。彼女はすべてのカードを手にしている。寛大に振る舞えば、自分の寛大さを楽しむことができるだろう。

「それともあなたは、自分の苦しみのなかに閉じこもって、ミヒャエルを憎み続けなければ生きていけないというわけ？」

5

そんなことは言われたくなかったし、自分でも認めたくなかった。ミレナが置いていったメモはもう見つけられなかったので、ザビーネは息子にメールを書き、父親の電話番号を教えてくれと頼んだ。息子は翌日、それを送ってくれた。

ミヒャエルとは、どこで会うべきだろう？　町で一番すてきなカフェは、古くて古風で居心地のいいカフェ「マイヤーズ」だった。彼女はミヒャエルとよくそこで会っていたが、別れてからは長いこと足を踏み入れず、その後、意地になってまたそこを自分の行きつけのカフェにした。でも、「マイヤーズ」ではミヒャエルに会いたくない。

彼は公園のベンチにも来る用意がある、とミレナは言っていた。ミヒャエルとの再会について考えれば考えるほど、場所はベンチがいいような気がしてきた。ベンチに並んで座れば、顔を見合わせてもいいし、見合わせなくてもいい。沈黙が流れても、肩と肩を並べていた方が、顔を見合わせるよりはいいだろう。公園のベンチであれば、前市長だった彼を人々がじろじろ眺めたり、挨拶することもないだろう。感情的なやりとりがあったとしても、誰も不快になったり介入したりしないはずだ。もし約束した日に雨が降ったら？　そうしたら、傘をさして座るまでだ。もしその日が寒かったら？　でもザビーネは、それ以上あれこれ考えたくなかった。

ザビーネはミヒャエルに電話するのではなく、ショートメッセージを送った。まるで彼ではなく自分の方が用事があるかのように、こちらから電話するのは嫌だった。彼が彼女の状況に合わせるのではなく、彼女の方が彼の声を聞いて病状を感じ取り、反射的に気を遣うことになるのも嫌だし、医者が来ているときや、ミレナが彼の体を洗ったり、寝かそうとしたりしているようなタイミングの悪いときに電話して、あとでまたかけて、と言われるのも嫌だ。そんな間の悪い思いをするのはまっぴらだった。彼女のメッセージは簡潔だった。「次の月曜午後四時、植物園にある日本の桜の木のところはどう?」彼の返信も短かった。「喜んで」

ザビーネは再会に備えようとした。「赦してくれる?」と訊かれたら、どう答えよう。自分は赦せたのだろうか? 友人が言ったように、彼のためではなく自分のために? そういう心の準備をしなければいけないと思ったし、そうしたいとも思ったが、なかなかそんな気持ちにはなれなかった。心が邪魔をするのだ。頭では友人に同意していた。いまこそミヒャエルとの関係に決着をつけるときだ、自分を幸福に向けて開放する最後のチャンスだ、と思った。ひょっとしたらフォルカーと幸福になれるかもしれないし、子どもたちとの関係にとってもいいことだろう。ミヒャエルを赦すには——彼が当時なぜあのようなことをしたのかという洞察以外に、何が必要だろうか? 洞察なら、すでにあった。ミヒャエルは悪い人ではないが、意志が弱くて、親しくて居心地のいい安定感ばかりを人間関係に求めてしまうのだと、彼女にはわかっていた。彼が家を出ていかなければ、彼女の方が遅かれ早かれ出ていくことになっていただろう。長い歳月のうちに、中身のないルーティーンには耐えられなくなっていただろうから。

彼を赦すことはできたのだろうか? 彼なしにはできない。ついにすべてを語り合うことができるなら。自分たちの結婚生活でうまくいかなかった点について。彼が別離の際、ザビーネに侮辱や苦痛を与えたことについて。直接の暴力ではないにせよ、引きこもるという形の攻撃によって、自分の行いを認めるのを拒んだことについて。もしミヒャエルがそうしたことについて、率直に謙虚に赦しを求めるのであれば、そのときにはわたしも彼を赦そう、とザビーネは思った。

6

月曜日は晴れた暖かい日で、植物園のなかを日本の桜の木のところまで歩いていくのは心地よかった。レンギョウが咲き乱れ、茂みや木々の枝は芽吹いて、若葉が出始めていた。鳥たちは騒がしく鳴き交わし、植物園の園丁たちは穴を掘ったり、耕したり、植物を植えたりしていた。まもなく自然が、生命の華麗な姿を見せてくれるだろう。

遠くから、ミヒャエルの姿が見えた。彼は背筋を伸ばして、両足のあいだに杖を置き、両手を握りの上に乗せていた。ザビーネの足音が聞こえると、彼は振り返り、立ち上がった。立ち上がるのは一苦労で、こちらに向かって数歩歩むのさえ困難であることを、彼女は見てとった。しかし、ミヒャエルはまっすぐに立っており、ベージュのスーツにベストと青いシャツを合わせ、青と赤の蝶ネクタイをしてメッシュの革靴を履いた姿は格好よかった。彼はザビーネの前で頭を下げ、一緒にベンチの方に戻ると、彼女が座ってから腰を下ろした。

「来てくれて、ありがとう」

ザビーネは肩をすくめた。「もうじき死ぬんでしょ」——語尾を上げて、それが断定とは取られず、疑問文に聞こえるようにした。

彼は小さく笑った。「きみのストレートな物言いには、いつも感心してたし、恐れてもいたよ。ぼくは世界を美化するのが好きだったからね。でも、きみの言うとおりだ。ぼくはもうすぐ死ぬ。きれいごとを言う余地はない」

女性の園丁が手押し車を押しながら通りかかり、「こんにちは」と挨拶してくれた。ザビーネとミヒャエルも挨拶を返した。

「手紙でもよかったかもしれない。でも母は、ぼくがこれをきみに手渡すことを望んでいたんだ。母は真剣だった。これを郵便で送ったり、子どもの一人がきみに持っていったりするんじゃなくて、ぼく自身が渡すべきだと。母はきみのことが大好きだったんだ。離婚のあと、きみがもう、ぼくの両親やきょうだいとは連絡を取りたがらなかった気持ちは理解していた。でも母は、辛い気持ちだったんだ。母は医学を勉強したかったけれど、若いころはそんなことができない時代だった。きみを見て、かつての自分が目指していた姿だと思ったんだよ。家事と子育てと診療所の仕事を抱えて奮闘しているきみの姿を見て、まるでそれが自分自身の奮闘であるかのように、母は感動していた。ぼくがきみと別れたことを、母が心から赦すことはなかった。ミレナやぼくに機嫌よく接してくれて、子どもたちのことも愛してはくれたけどね」ミヒャエルは上着の内ポケットを探ると、ザビーネの手を取って、彼の母が毎日つけていた、金の鎖に下げられ、彫金された枠に嵌められた黒曜石のペンダントを握らせた。

ザビーネは泣きたくなかった。かつてザビーネがしょっちゅう泣いているのを見て、そのことを軽蔑していたミヒャエルの前では。しかし、涙をこらえようとするあまり、話すこともできなかった。ザビーネはペンダントを両手で持ち、枠を開けてみた。小さな扉の内側に、左にはミヒャエルの母の小さな写真、右にはザビーネの子どもたちが四歳と五歳のときの写真が挟まれていた。

写真のなかで、ミヒャエルの母はザビーネの記憶よりも年老いていた。白髪で、頰には皺が寄り、目には注意深さと集中力が宿っていたが、不安そうなところもあった。不安そうな様子はそれまで見たことがなかったが、注意深さと集中力のことはザビーネもよく覚えていた。ミヒャエルの母は、いつもザビーネに好意を向けていた。若いザビーネが多くの課題をどうこなしていくのか、愛情たっぷりに見守り、関心を持ち、いつでも手伝う準備があった。彼女がザビーネを好きだっただけではなく、ザビーネも彼女が好きだった——それなのに、彼女を自分の人生から削除してしまったのだ。ミヒャエルの母が電話や手紙で、夕食か昼食を一緒に食べよう、それともコーヒーを飲むだけでもいいから、と提案してくれていたことをザビーネは思い出した。でもザビーネは電話ではその提案を断り、手紙をもらっても返事を出さなかった。

「母はペンダントのなかに、父の写真と自分の子どもの写真を入れていた。でも、きみにとっては母の写真ときみの二人の子どもの写真がいいだろうと思ったんだ。目を見るとわかるだろうけど、母は年取ってから鬱病になったんだ。鬱とともに、世界に対する不安も芽生えていった。とりわけ外界を恐れていたけど、家のなかでも父のがっしりした姿や大きな簞笥《たんす》、風に揺れるカーテンなんかを見て不安になることがあった。それでも最後まで、外の世界で何が起きているか、特に孫たちは何をしているのか、知りたがっていたんだよ」

ミヒャエルの母がいつ亡くなったのか訊きたいと思ったが、ザビーネは口に出さなかった。知ったところで何になるだろう。ザビーネは黙って座っていたが、手でペンダントを握りしめ、胸に押しつけた。「どうもありがとう」

さっきの園丁が空っぽの手押し車とともに戻ってきて、にっこりとほほえんだ。ザビーネもほほえみ返し、ミヒャエルは片手を上げた。

しばらくしてから、ミヒャエルが尋ねた。「きみは診療所を手放したんだって？」

「ええ。でもまだ手伝いには行ってるし、よく診療所にいるのよ」

彼はうなずいた。「ぼくは引退したけど、市長の仕事がなくて寂しいとは思わない。でも、社会に繋がっている感じが足りないかな。人々との結びつきや、社会に貢献するという感覚がね」彼は笑った。「もしぼくたちが家族経営の仕事で、たとえばスーパーマーケットでもやっていれば、そしてトーマスが店長を引き継いでくれたなら。ぼくはお客さんの買った品物を袋に詰め込む仕事で満足しただろうな」

「死ぬのは怖い？」

彼は首を横に振った。「ぼくには母のような不安はないよ。でもどんどん悲しい気持ちになってきて、死ぬことでその気持ちに終止符が打たれるなら、それもいいと思えるんだ」彼はザビーネに顔を向け、彼女を見つめた。「ザビーネ、すまなかった。起こったこと、ぼくがしてしまったこと、あるいはぼくがしなかったこと——申し訳ない。申し訳ないだけじゃなく、それ以上に悲しい気持ちだ。あらゆることが悲しくて、悲しみがぼくを疲れさせる。悲しみは黒い水、黒い海のようなもので、ぼくはそこで溺れていく。ひっきりなしに溺れているんだ」

ザビーネは何を言い、何をすべきか、わからなかった。ミヒャエルの気持ちが理解できる、と言うべきか？　でも、彼女には理解できなかった。彼を抱擁すべきか？　彼女は彼の手の上に自分の手を置いた。そして、「家まで車で送ろうか?」と訊いた。

7

ザビーネはミヒャエルに腕を貸した。長く歩けば歩くほど、彼は杖に激しく体重を乗せ、彼女にも重く寄りかかってきた。彼女はミヒャエルを気の毒に思った。話はしなかった。車でも話さなかった。彼の家の前で車を停めると、彼は彼女の手を握って言った、「おかげで気持ちが晴れたよ。ありがとう」

数週間後、彼女は新聞で、彼の死亡通知を読んだ。子どもたちが電話してくるよりも前だった。二、三日のあいだ、新聞には彼に関する記事が、とりわけこの市における彼の功績について、たくさん掲載された。新しい市役所、新しい市立ホール、市立劇場の拡張。かつて貨物駅だった土地に新しい市街地を作ったこと。そして、市の負債が大幅に減少したこと。ザビーネはそれらの記事を読まなかった。しかし、ミヒャエルのことで誰かに話しかけられても、もう嫌な気分ではなかった。彼の業績が重要なものであることを、彼女も喜んで認めた。

娘からは、いまこそお父さんについて話すときじゃないの、と言われた。ザビーネは「そうかもね」と答えたが、それ以上その話題には戻らなかった。

彼は率直に、謙虚に、赦しを求めたのだろうか? 彼は率直で謙虚だった。だが実際のところ、赦しを求めたわけではなかった。二人は、ザビーネが話したいと思っていたことについて、何も話さなかった。失望していてもおかしくないはずだが、彼女は失望しなかった。彼女は前よりも仕事を減らし、子どもたちのことも前ほど心配しなくなった。フォルカーに対しては前よりも心を開き、一緒に休暇を過ごそうという提案も受け入れた。ミヒャエルとの再会後、帰宅したザビーネはペンダントのついた金の鎖をアクセサリー用の箱にしまった。しかし、ミヒャエルの死後、それを取り出して、毎日身につけている。

愛
娘

Geliebte Tochter

1

彼らはバルト海沿岸の、週末のヨガ体験旅行で知り合った。バスティアンは妻に別の男ができて捨てられ、自分の生活を変えたいと思っていたところだった。仕事を減らし、頭でっかちでいることをやめて、肉体を発見し、自分らしくなる。一方のテレーザは、妻、専業主婦、母親でしかない自分が残念でならなかった。そして、週末のヨガ体験で人生に最初の突破口を開こうとしていた。

木曜日の夜が歓迎会だった。八人いる女性のなかで、バスティアンはすぐテレーザに目をつけた。そしてテレーザの方でも、四人いる男性のうちでバスティアンに注目した。テレーザのほっそりした体つき、青白い顔に大きな黒い目、慎重さと好奇心の入り混じった表情――それは豊満な体でキッパリとした態度の、何でも決めたがるバスティアンの妻とはまったく違っていた。この女性との暮らしは楽そうだな、とバスティアンは想像した。テレーザの方は、バスティアンの力強いと同時にどこかぎこちない動きと、輝くような青い目、自己紹介の際にそれほど多くを語らず、何かを探し求めていることを隠そうとしない態度が気に入った。自分の夫は何でもコントロールしたがる人だったから。

金曜日、彼の視線はくりかえしテレーザの方に向けられ、彼女の視線も彼に向けられた。ときおり、二人の眼差しが出会った。夜、一同がまだミントやカモミールのお茶を飲んでいるときに、二人は隣り合って座った。土曜日の夕方には、二人は他の人々から離れて浜辺を散歩し、浜辺に置かれている屋根付きの籠椅子で、レンタル業者が鍵をかけ忘れたものを見つけ、そのなかに座って話をした。テレーザは自分の結婚生活のこと、マーラという五歳の娘のこと、医学の勉強を再開してきちんと修了し、医者として働きたいと願っていることを語った。バスティアンは自分の結婚生活のこと、仕事を四分の一減らそうと思っていること、ヨガやピラティスやダンスをすることで肉体を自由にし、より自由な精神を持ちたいと望んでいることを話した。彼らは二人とも、自分の結婚生活を悪く語ったわけではなかったが、それぞれの夢のなかに結婚相手の居場所はなかった。かつて占められていた場所は、いまでは空席だった。

そのあとは、二人はただ見つめ合っていた。オレンジ色の大きな満月が、頼もしく空に浮かんでいた。渦巻く海面に月が無造作に映っている様子を見ると、どんなことでも可能に思えた。バスティアンはテレーザの手を取り、彼女もその手を握りしめた。日曜日の昼、彼らは他の人々と一緒に宿舎を発ったが、その土地にとどまってホテルに部屋をとった。テレーザは夫に電話したが、幸運にも夫は出なかった。留守番電話が冷静沈着に、月曜日に帰るという彼女のメッセージを録音した。バスティアンは自分の秘書に、月曜日の予定をすべてキャンセルしてくれるように頼んだ。そうして二人とも、携帯電話の電源を切った。

物事がなんと早く進んだことだろう！　バスティアンはこれまでの人生で、重要な決断を下す際にはいつも熟考し、ぐずぐずと決めかねていた。大学で何を専攻しようか、結婚するべきか否か、仕事で独立すべきか否か。テレーザの方は不安が強すぎて、夫からの求婚を拒むことができなかったし、夫の求めに反してまで結婚後も勉強を続けることができなかった。しかし、バスティアンとテレーザは一夜を共にしたあと、まるで別人のようになった。圧倒されるようなエロティックな出会いのせいか、これまでの人生に対する嫌悪感のせいか、もしくはいまこそ本当の人生を送れるという期待のせいか――いずれにしても、二人は互いの運命が結ばれていること、同じ家に引っ越して一緒に暮らすことを確信していた。

家に帰ったテレーザは夫に対して、近いうちに別れたいと切り出し、その間はホテルか友人のところに泊まってくれないかと頼んだ。夫が承知せず、彼女を責めたり脅したり叫んだり泣いたりすると、彼女は夫が仕事で留守のあいだに引越し会社を呼んだ。そして、自分が持っていきたいと思うものを運び出して貸し倉庫に入れ、娘を連れて友人のところに移った。これまでいつも都会の古い建物のなかにある住居を借りていたバスティアンは、緑の多い場所に一戸建てを買った。マーラは庭で遊ぶ習慣がある、と聞いたからだ。浮気相手が正しいパートナーなのかどうか確信をなくしていたバスティアンの妻は、住居だけでなくバスティアンのこともキープしたいと考えていた。お互いにうまくいかなくて浮気をしてしまったけれど、カップルセラピーを受けてそれを改善することはできないかしら？　と、妻は尋ねた。しかし、テレーザと出会って幸せな気持ちになっていたバスティアンのエゴイズムにとって、妻はただもう面倒な相手だった。ちょうどテレーザが夫を面倒に感じたように。三週間後、バスティアンとテレーザは同じ家に引っ越した。

2

共同生活が夢見ていたほど簡単ではないのは当然だった。しかし二人とも前向きな意志を持っていたし、この状況でマーラを苦しめてはいけない、という点では一致していた。大学での勉強を再開するまでにしばらく待機期間があったため、テレーザにはマーラの世話をし、新しい家庭環境に慣れさせて、小学校入学の準備をしてやる時間があった。バスティアンは父親の代役を演じようとはせず、叱ったり要求したりすることのない、穏やかな存在として見守っていた。彼にはユーモアの才能があったし、数週間後にはマーラもそれを喜ぶようになった。バスティアンは物語も上手に語ることができた。最初はテレーザがハイキングの際に、お話を聞かせて、と彼に頼んだが、やがてマーラもそう頼むようになった。マーラは半年後には、就寝前にバスティアンにお話を読んでもらうようになっていた。マーラの父親が、一緒の週末を過ごすためにマーラを迎えに来られないときは、テレーザがマーラを父親のところに連れていっていた。しかし、あるときテレーザが病気になり、バスティアンが車を出すことになった。それからは、マーラはバスティアンがドライバーを務めることも受け入れるようになった。

バスティアンとマーラは一緒にいることに慣れただけではなく、互いに相手を好きになった。マーラを教育しようとして、いい意味でガミガミ言いつつも、結局は教育のしかたがわからなくて甘やかしてしまう実の父親のことも、マーラは好きだった。バスティアンはぜんぜん違っていた。静かで柔和で、彼女の話を注意深く聞いてくれて、何か質問をすると熱心に教えてくれ、励ましてくれた。学校でわからないことがあると、バスティアンは解決すべき問題があるのを喜び、マーラがそれを解決したいと思っていることも喜んだ。マーラのファーストキスの相手もバスティアンだった。一年生の授業で短い詩を暗唱しなければいけなかったのだが、マーラは苦労していて、バスティアンがいろいろと与えてくれたヒントのおかげで、ようやく間違えずに暗唱できたのがキスのきっかけだ。マーラは早い時期から読書を始めたので、バスティアンは彼女のために本を見つけてきた。二年生のときには小さな物語を書き始めたので、バスティアンはそれを読んでは褒めた。

宿題をするにせよ、読書するにせよ、書くにせよ——外でできるときには、マーラはそれを外でやった。彼女は女の子たちと部屋のなかにいるよりも、外で男の子たちといる方が好きだった。人形の家を作るよりは木登りが好きだったし、おままごとよりは泥棒ごっこ、バレエよりはサッカーの方が好きだった。自分の子ども時代とはまったく違っているので、テレーザは驚いていた。バスティアンは肩をすくめた。ピンクよりも青、ワンピースよりもジーンズ、メイクアップするよりも引っ掻き傷や擦り傷を誇りに思ったからといって、何の問題があるだろう?

バスティアンはかつての結婚生活では、子どもを持たないということで妥協していた。彼の妻は不妊だったし、結婚生活がうまくいっていて、二人の仕事が忙しく、平日だけではなく土曜日や日曜日も仕事していたころには、夜一緒にテレビを見ることさえできないほど疲れていることもしばしばだった。そのころには子どものいる生活など、バスティアンには想像もできなかった。いまでは突然、子どものいる生活となり、しかもそれは楽しかった。彼はもっと子どもがほしいと思った。しかし子どもはできなかったし、人工授精の試みがセックスの喜びを台無しにしかねないと気づいたとき、バスティアンとテレーザは不妊外来に行くのをやめた。どっちみちテレーザは医学の勉強を終え、実習を始めていた。彼らは充実した忙しい人生を送っていたので、もう一人子どもがほしいという願いはやがて抽象的な憧れとなり、そのまま色褪せていった。それならば、子どもはマーラだけでいい。

テレーザの夫もバスティアンの妻も、離婚に同意しなかった。自分たちが結婚しているか事実婚かは、長いあいだテレーザとバスティアンにとって、どうでもいいことだった。互いに結ばれているという確信は、年月が経っても最初のころと変わらなかった。それから二人は、いろいろと問題があり難しいと言われている七年目の年を結婚の年にしようと考えて面白がった。離婚をし、結婚式の準備を三人でやるゲームのようにした。どの季節に結婚する？　どこで？　教会でやるかやらないか？　お客は何人？　食事はどうする？

彼らは七月に、市門の外側にある小さな村で結婚式を挙げた。マーラは宗教の授業に喜んで参加していたが、教会での結婚式には反対した。バスティアンとテレーザもそれでよかった。マーラの希望に従い、招待客は少数にした。テレーザの兄とその妻と娘、バスティアンの妹とその夫と息子、親友四人、それからマーラの一番の友人ジルヴィー。テレーザの両親は、二度目の結婚には神の祝福はない、という考えだった。バスティアンの父親は亡くなっていた。そしてバスティアンの母親は、腰骨を折って入院中だった。食事の内容も、マーラが決めた。ジャガイモの団子と赤キャベツを添えた牛肉のワイン蒸し。彼女の大好物だった。食事の際、マーラは立ち上がって短いスピーチをした。結婚式ができて嬉しいです。お父さんが二人になって嬉しいです。パパと、バスティアンです。

3

マーラは女子ギムナジウムに進学した。テレーザとバスティアンが驚いたことに、女の子より男の子と遊ぶのを好んでいたマーラが、近くにある共学校に行くのを拒んだのだ。説明はなかったが、女子校に行きたいと強調された。そして、後にバスティアンはその理由を聞いた。いつも一緒に遊んでいた男の子たちは共学校に進学したのだが、俺たちはもう一人前の男だと主張して、女の子と、マーラとさえも、遊ばなくなったのだ。

女子校で男の子たちの話が出ると、マーラは一緒になってしゃべった。男の子たちは学校の門のところに立ち、ガールフレンドを待っている者も何人かいた。他の男子たちは口をぽかんと開けたり、自転車のサドルに座ったり、壁にもたれたりして、女の子たちが通りかかるとこそこそ話をしたり、口笛を吹いたり、背後から呼びかけたりした。彼らはクールに振る舞おうとしていた。そう思ってはいたが——誰が本当にクールだったろう？　誰がセクシーで、その理由はなぜか。誰がかっこよくて、それはなぜなのか。ただの目立ちたがり屋は誰か、誰が一見ダサくて、でもよく見るとイケメンなのか？　女の子たちにとって、話のタネは尽きなかった。マーラはおしゃれやメイクアップの話もするようになった。そして、ジーンズの代わりにスカートを穿き、口紅をつけて化粧をし、他の女の子たちとおしゃれをして街に出ては、男子を挑発するのを楽しむようになった。それはまるで遊戯のように自分を試してみる行動でもあった。いくらかは真剣な気持ちでそれをやっていた他の女の子たちに比べ、マーラの方はもっと遊びに近い気持ちだった。社交ダンスのレッスンに通うようになると、マーラも他の女の子のように評判のいい男の子と組んで卒業舞踏会に出たいと思うようになり、実際にパートナーを見つけて喜んだ。しかし、彼女は他の子たちとは違って、ダンスの教師がこだわっている、互いに向かい合って立ったり、求められたり導かれたりするというダンスの儀式を滑稽に感じていた。いずれにしても、彼女とジルヴィーは、自由なダンスを楽しむほかに、社交ダンスの楽しさも覚えた。そしてダンスクラブに行き、男性が足りなかったので、二人でペアになって踊った。

テレーザはマーラの体つきが女性らしくなっていくのを見て、どうすれば女性として魅力的になれるかを教えようとした。テレーザ自身はそれほど裕福ではない家庭の出身で、何を着るべきか、どの店で買い物し、どんなものを探すべきか、ヘアスタイルや髪の色、眉の引き方、自分の個性を引き立たせる口紅の色や光沢の選び方などを、ようやく大人になってから学んだのだった。しかしマーラは、ほとんど興味を示さなかった。彼女はショートヘアにアイロンで折り目をつけたズボン、バスティアンの洋服ダンスから持ってきたシャツが気に入っていた。確かにそれでもおしゃれに見えることを、テレーザは認めないわけにはいかなかった。でも、別の形でおしゃれに見えてくれる方が嬉しかった。

それは、マーラがバスティアンと親密になっていった時期だった。彼はマーラが体験したり語ったりすることをいつも注意深く受け止め、いつも好意的で、ときおり笑ったりもしたが、けっして批判することはなかった。彼女が学ぶことに彼も興味を持ち、彼女が学校で読まされる本を彼も読んだ。彼女が苦労しているラテン語や英語のボキャブラリーの勉強を、興味深く愉快なものにするコツを、彼は心得ていた。彼女の誕生日には、完璧に似合う男物のシャツをプレゼントした。みんなでスキーに行き、大人になってからスキーを覚えたせいであまり得意ではないテレーザが早々にホテルに引き上げてサウナに行きたがると、いくら滑っても飽きないバスティアンとマーラはゲレンデに残って、暗くなるまで滑り続けた。夏に山で休暇を過ごしたときには、マーラは岩壁のクライミングが好きになった。バスティアンもクライミングを学んだ。テレーザが精神科医としての研修のために、週末に心療内科の訓練に行き、家を留守にするとき、バスティアンとマーラはときおり一緒に山にクライミングに行った。マーラが不満だったり悲しかったりするとき、たとえば自分の外見のことや洋服のこと、学校やダンスのこと、女友だちや男子のこと、約束が反故にされたり、ウサギが病気になったり、自転車が壊れたりしたときなど、彼女はたいていバスティアンのところに来た。母親を信頼していなかったわけではない。ただ、母親は往々にして不在だったのだ。

4

クラスの他の女の子たちが男子に恋をするように、マーラはジルヴィーに激しく恋をした。それについて話したくなったときも、彼女はバスティアンを話し相手にした。このことについて母親と屈託なく話すのは難しい、と彼女は感じていた。テレーザはホモセクシャルもヘテロセクシャルと同じくらいいいものだと理解してはいたが、マーラを無条件に限りなく愛していたので、もしレズビアンだとしてもちゃんとした相手を見つけてほしいと願っていた。しかし、マーラに夫と子どもという家族ができて、できることなら三人、四人、五人もの子沢山になって自分が祖母になる、という夢をあまりにも長く見続けてきたので、マーラがレズビアンになりそうだと知って喪失感も抱かずにはいられなかった。小さな損失。そんなものを感じてはいけないとわかってはいるが、損失には違いないのだ。

山歩きの休憩時間中に、マーラは勇気を奮ってバスティアンに尋ねた。「あたし、ジルヴィーに恋しているの。これはレズビアンってことかな？」

「ジルヴィーに恋してる。それで充分じゃないかな？　ラベルが必要かい？」

「ラベル？」

「レッテルというか、案内板というか、小包につける荷札のようなものだよ。この女の子はレズビアンです、ってね」

マーラは笑った。「そうだね。ラベルはいらない。ただ、自分が何なのか、知りたかったの。女性を愛する人間なのか、男性を愛する人間なのか」

「それがはっきりするまで待っていればいいんじゃないかな？　女性が好きなのか、男性が好きなのか、気づくときが来ると思うよ。ときには男の子も好きになるのかな？」

マーラは赤くなった。「男の子と知り合ったの。黒い巻毛でまつ毛が長いアルメニア人よ。彼はほとんど女の子みたいに見える」

バスティアンはうなずいた。「女の子だろうと、男の子だろうと、男の子の服装が好きな女の子だろうと、女の子みたいに見える男の子だろうと——いろんな人がいるのはいいことだ。いろいろ試してごらんよ。自分の可能性を試すんだ」

彼女は荷物をまとめ、歩き始めた。バスティアンはしばらく立ち尽くしていた。「ぼくが言ったのは、やりたくないことにも関われっていう意味じゃないよ。むしろ、きみが何かをしたくなったときに、安心して試してもいいってことなんだ。女の子みたいな男の子に恋をしたとしても……」

「もうわかったよ、バスティアン」

マーラはまもなくジルヴィーと別れた。あるいはジルヴィーの方が別れを告げたのか。報告は曖昧だった。そしてまもなく、マーラはティグランを家に連れてきた。例のアルメニア人だ。彼は実際のところ、男の子よりは女の子に見られるような、優美な振る舞いをする人間だった。バスティアンとテレーザにとっては、彼が静かに家のなかを歩き回る様子や、思わぬ場所からぬっと現れるところは、少し不気味だった。しかし彼は礼儀正しく、思いやりもあり、現代絵画や現代音楽に対する感動をマーラに伝えて、彼女にもいい影響を与えているように見えた。一年後、マーラが彼と別れたか、彼の方がマーラと別れたのか、報告はまたしても曖昧だったが、そのあと高校卒業資格試験まで、彼女にはもう決まったガールフレンドもしくはボーイフレンドはいなかった。

大学での専攻よりも、どの大学で学ぶかということが議論になった。社会教育学、小学校教育、心理学、哲学——専攻については、マーラはあれこれと思い浮かべることができた。しかし、大学については、大都市がいいということしかイメージできなかった。小都市で育ったマーラは、小都市に飽き飽きしていたのだ。

「それはわかる」とバスティアンは言った。「ぼくは一年間ベルリンにいたけど、オペラやコンサートに行きまくったものだよ」

マーラは笑った。「オペラやコンサートだって？　あたしが行きたいのはレズビアンの盛り場よ。小さい町にはそんなものはない。大都市だけでしょ。ここにいたら、何も試せないんだもの」

彼女はベルリンのフンボルト大学で特別支援教育や手話教育を学ぶことに決め、シェアハウスに部屋を見つけると、秋から大学に通い始めた。

5

クリスマスやイースター、そして夏休みにはマーラは家に帰ってきた。そして年に二回か三回は、バスティアンかテレーザが、もしくは二人が一緒に、ベルリンに行った。マーラは勉強熱心な学生で、研究発表やレポート、実習のことや、自分がおさめた成功について、話してくれた。ベルリンでどんな人々と付き合っているかについては、彼女は語らなかった。テレーザも尋ねようとしなかったし、バスティアンの質問にはマーラは肩をすくめるだけだった。大学三年のとき、マーラは手紙で、哲学専攻の男子学生を好きになった、と書いてきた。そして夏休みに、彼を家に連れてきた。

バスティアンとテレーザは、またほっそりした若者が現れるのかと期待していた。ところがマーラは、手が大きくて力のありそうな男性を同伴してきた。グレーゴルは垢抜けない顔で、黒い髭を生やし、あたりに響きわたる低い声の持ち主だ。みんなでレストランに行く途中、二人は手を繫いでいた。テラスで夜ワインを飲む際には、マーラは甘えるように彼にしなだれかかっていたし、朝になってバスティアンが、マーラの子ども時代のベッドでは小さすぎたんじゃないかい、ぼくの仕事部屋にソファーがあって、台を引っ張ればベッドにもなるよ、と尋ねたところ、二人はほほえみながら顔を見合わせ、すごくよく眠れたから大丈夫、と請け合ったのだった。グレーゴルが「ハイデッガーにおける忘却」というテーマの自分の修士論文について語るとき、マーラは感嘆しながら聞き入っていた。バスティアンとテレーザも、グレーゴルには難解なことをわかりやすく話す才能がある、と思った。彼がマーラの話を遮ったのは、マーラが聴覚障害の子どもたちと一緒にすばらしい仕事をしていることを彼が強調するときだけだった。彼は何度もマーラの実習についていったのだ。二人は本当に、一緒にいて幸せそうだった。

しかしまもなく、マーラの電話やメールにグレーゴルの話は出てこなくなった。他の男性や女性の話も出てこなくて、ただもう試験や求人、面接のことばかりだった。バスティアンとテレーザが喜びもし、驚きもしたことに、マーラは近くの町で就職することになった。田舎っぽい小都市――どうやってマーラはそこで、男にせよ女にせよ、適切な人を見つけるのだろう？　レズビアン同士が出会う場所がある最寄りの大都市はフランクフルトだったが、そこまでは車で一時間だった。

マーラが就職してから初めて実家で一緒に過ごした週末は、謎めいていた。マーラはジルヴィーを連れてきたのだ。二人はベルリンで「デペッシュ・モード」というバンドの野外コンサートが行われた際に、たまたま再会したのだった。二人とも相手を探していたけれど、どんな相手も、彼女たちがかつて互いに結んでいた関係の埋め合わせはできなかった。ティーンエイジャーのときには二人は互いに惚れ込んでいたけれど、約十年後の現在は、互いに愛し合っていた。ジルヴィーが故郷の町の劇場で文化担当マネージャーの職を得たので、マーラも近くの田舎っぽい小都市で、聾学校教師の職についたのだった。マーラが早く故郷の町の聾学校に転職し、一緒に暮らせるようになることを、二人は希望していた。いまのところ、二人は一時間半のドライブをものともせず、週末に相手を訪問しあっているのだ。

「こうなって嬉しい？」とマーラは、バスティアンがある晩訪ねて来たときに訊いた。「バスティアンとママは、ジルヴィーに親切にしてくれたでしょ。グレーゴルにも親切だったけど。ママはわたしが男と一緒になって四人の子どもを産んだら一番喜ぶだろうって、わかってる。わたしもグレーゴルといたときは、彼と家族が作れて子どもができたらいいなと思ったけど、自分はグレーゴルが好きなんじゃなくて、子どものいる家族が好きなんだなって、気づいたの。いまでも子どもがほしいし、ジルヴィーもそれを望んでいる」

「ぼくらにとって一番興味があるのは、彼女がきみにとっていい相手で、きみを幸せにしてくれるかってことだ。ジルヴィーにはそれができる。だからぼくたちは喜んでいるよ。まだ彼女のことをよく知らないけどね。でももし彼女をよく知るようになったら、彼女との付き合いも楽しめると思う。テレーザだって、きみが男性と子どもを作ろうが、ジルヴィーと一緒に子育てをしようが、どちらでも喜ぶはずだ。どうするつもりなの？」

「あと一、二年は二人で過ごしたいの。まず結婚するつもりだし。子どもは、匿名の精子提供者を利用すると思う。わたしの友だちは、一夜限りの男性を探したけどね。わたしはそんなのは嫌。ジルヴィーと一緒にできないようなことはしたくないの」

「きみが妊娠するの？　二人で試すんじゃなくて？」バスティアンは、ジルヴィーの方がマーラよりも女っぽいと思っていた。外出するとき、マーラは以前と同じくアイロンの折り目をつけたズボンと男性用のシャツを着ていた。ときにはネクタイとジャケットを身につけることもあった。ジルヴィーはワンピースや、スカートにトップスというスタイルだった。何かを計画したり決定したりするときに主導権を握るのはマーラだった。

「二人でやるよ。でも、まずわたしから」

6

マーラは結婚式前から妊活を始めた。

ホルモン検査や超音波検査、ホルモンによる刺激、卵細胞を成熟させて自力での排卵に導く薬などについては、テレーザとバスティアンもよく知っていた。しかし、二人はマーラの話を辛抱強く聞いた。マーラと一緒に希望を抱き、マーラと一緒に不安がり、人工授精が一回目も二回目も三回目も失敗に終わったときには、マーラと一緒に悲しんだ。マーラはそこでいったんうんざりして、人工授精を延期した。そして、まず結婚式を挙げることにした。

結婚式は夏に、田舎のレストランで行われた。マーラとジルヴィーは戸籍役場の職員に司式をしてもらうことを希望し、一人の女性職員を見つけた。その職員自身も女性と結婚しており、レストランの前の草地での結婚式を、陽気に、かつ心を込めて執り行ってくれた。二人が誓いの言葉を述べたとき、テレーザはちょっぴり泣いていた。バスティアンはこの結婚自体は正しいと認めていたが、若い二人の女性がそれぞれ花嫁として立っているのを奇妙に思う自分に気づいた。

ジルヴィーの両親とマーラの父親と彼が再婚した妻は、苦しそうにほほえんでいた。若いカップルの友人たちは大きな歓声をあげた。あらゆる感情がごちゃ混ぜになって、バスティアンも嬉しい気持ちになり、花嫁と花嫁の組み合わせを、ただもう美しいとしか思えなくなった。マーラは白いスーツに白いシャツ、白い蝶ネクタイをつけていた。ジルヴィーはデコルテの部分にレースの縁取りをした白いドレスだった。日光が降り注ぎ、草地の横ではアジサイの花が輝いていた。木々では鳥たちがさえずり、コルクの栓がポンと音を立てて抜かれ、シャンパンが泡立っていた。客たちが二人の花嫁を抱きしめたあと、花嫁同士も抱擁を交わした。夕方にはダンスが始まり、バスティアンはテレーザと、マーラと、ジルヴィーと、ジルヴィーの母と、マーラの父親の妻と踊り、マーラとジルヴィーのレズビアンの友人たちやレストランの女主人とも踊った。それからワインのボトルとグラスを持って外に行き、草地の上で一本の木の下に座った。

しばらくするとテレーザがやってきて、彼のそばに座った。「行っちゃったわね」そう、マーラは他の人のものになってしまった。もちろんずっと前に家を出ていたのだけれど、まだ家族の一員だった。いまやバスティアンとテレーザは二人きりだった。それはギョッとすることでもあり、心躍ることでもあった――彼らにはこれまで、二人きりの生活がなかったのだ。他の夫婦なら持てたであろう、子どもが生まれる前に二人で過ごす時間というものがなかったし、ここ数年マーラがいないときでも、自分たちをマーラの両親だと感じていて、両親としての振る舞いをしていた。二人きりで暮らしていて、朝ベッドでぐずぐずしたり、午後になって絨毯《じゅうたん》の上でセックスしたりするようなカップルではなかった。

「いろいろとやり直すことがあるわね」テレーザはバスティアンのネクタイを取り、シャツのボタンを外し始めた。

「ここでするの？」

彼女は笑った。「どこでも。いまは、誰にも見られていないこの草地の端っこで。いらっしゃい！」彼女は立ち上がり、彼に手を差し出した。彼も立ち上がり、二人は草地の端っこに行った。レストランの方に目をやると、結婚式の客たちがいるのが見えてよかった。声や音楽が聞こえてくる。しかし、離れているので踊っているカップルを見分けることはできず、会話の内容も聞こえてこない。音楽もくぐもった音でしか聞こえないのがよかった。バスティアンとテレーザは二人きりだった。

真夜中を過ぎ、生暖かい夜風が吹いてくると、レストランの物音はもっと遠くなった。何人かの客はすでに立ち去っていた。バンドももう演奏しておらず、音楽はスピーカーから流れていた。テレーザはバスティアンの胸に頭を乗せ、長い髪を彼の顔の上に広げていた。

「二人きりでいられる時間は長くないわよ」とテレーザは言った。「もし子どもが生まれたら、祖父母としていろいろ頼まれるでしょう。マーラは仕事を辞めないだろうし、ジルヴィーは資金調達の仕方を学ぶ研修を修了しなくてはいけないのよ。あなたはあとどれくらい仕事するつもり？」

バスティアンのコンピュータ・コンサルティングの会社は、当初は一人でやっていたが、いまでは共同出資者が二人いて、十一人の社員を雇うまでになっていた。「ぼくは辞めないよ。でも仕事は減らす。週に三日――きみもそういう働き方がいいんじゃないかな？」

「子どもが男の子だったら、あなたの出番は特に増えるわよ。母親二人と祖母一人だっていろいろと面倒は見られるけど、その子が一人前の男になる訓練はできないわ」

マーラとジルヴィーもそう思っているのだろうかと、バスティアンは疑問に思った。娘ができたあと、今度は孫息子ができる——それはバスティアンにとっては文句のないことだ。しかし、もし孫娘が生まれて、マーラのときには体験できなかった最初の五年間を共にできるとしたら、彼にとってはそれも嬉しいことなのだった。

7

しかし、孫息子も孫娘も生まれなかった。ホルモン治療、排卵促進、カテーテル挿入、精液注入、後には卵子を取り出して受精卵の胚を戻す処置——マーラは長いこと、進んでこうした治療を受けていた。新しい試みのたびに信念と愛と希望を持ってやってみることを、自分に課していた。腹壁が張ってくると喜び、超音波検査を楽しみにした。ほほえみながら産婦人科に行き、ほほえみながら診察用の椅子に乗った。期待と不安を持ちながら、十四日後の妊娠テストを受けた。そして、テストの結果がまたもや陰性だとわかると、肩をすくめた。

それからついに妊娠に成功したが、数週間後には流産してしまった。マーラは絶望し、ベッドに寝たきりとなり、食事もせず、ほとんど水分も摂らず、誰とも話そうとしなかった。三日目にバスティアンが見舞いに行き、ベッドの近くに椅子を引き寄せ、彼女の手を握った。

「これって、何かの罰?」

「なんで罰だなんて思うんだい?」

「レズビアンだから」

「マーラ、何を言ってるんだ」バスティアンは小さな声で笑った。「もし神さまがいて、人間のことを気にかけておられるなら、やるべき仕事で手一杯だろう。貧しい人に食事を与えたり、病人を癒やしたり、悪人を罰したりしてね。きみは耳が聞こえない子どもたちを助けてるし、ジルヴィーにとって愛する妻だし、きみの両親にとっては愛する娘だよ――もし神さまがきみのような人にまで粗探しをしようとするなら、神さまは目標を達成できないよ。それに、きみは神さまを信じてないいんだよね」

「それはわかってる」

「あまりにも長い時間、食べなかったり飲まなかったり誰とも話さなかったりすると、バカな考えが浮かんでしまうんだよ」

「わたしは、体内にとどまってくれなかった子どものことを考えてるの」

「その子は弱かったんだよ」バスティアンは前屈みになり、マーラの目を見つめた。「きみは弱い人間ではない。少し休憩してから、また続ければいいさ。もうちょっと穏やかにやるのがいいかもね。今回の治療では無理矢理頑張ってしまったけれど、次の治療では成り行きに任せるんだ」

　マーラはそれを聞いて、賢明な忠告だと思った。しばらく休憩を取り、何か月か経ってから、確信に満ちた落ち着きで治療を再開した。ジルヴィーとバスティアンとテレーザも、今度こそうまくいくだろうと確信していた。しかし、今回の試みもその次も、うまくいかなかった。

　マーラは諦めてしまった。「わたし、もうこれ以上できない」

8

彼らは大晦日を一緒に祝ったが、雰囲気は暗かった。今度はジルヴィーが妊活をする番だったが、ジルヴィーはマーラと同じ結果になることを恐れていた。テレーザは孫を持つという夢が消えたように感じていた。マーラは疲れ切っているうえに、自分が結果を出せなかったせいで、ジルヴィーやテレーザを暗い気持ちにさせてしまったと考えていた。バスティアンは、みんなの気持ちを逸らして陽気にさせようとした。しかし、うまくいかなかった。

一月一日の早朝に雪が降り始め、ずっと降り続いた。ベタベタした雪で、翌日には雨になり、その次の日にはまた雪になって、湿ったまま地上に残った。バスティアンは一番近いスキー場であるモンタフォン（オーストリアの山岳地帯）に電話した。モンタフォンはマーラがスキーを覚えた場所で、短い休暇しか取れないときにバスティアンと一緒に出かけていた場所だった。電話口でバスティアンは、モンタフォンでも数日前から雪が降っていること、予報によれば明日は天気がよくなること、リフトやゲレンデはちゃんと運営されていることを聞き出すことができた。

テレーザとジルヴィーは、金曜日にも仕事があった。しかし、バスティアンとマーラは木曜日に出発が可能だった。彼は部屋を二つ予約した。

「きみがいないと寂しいな」テレーザが通勤に使っているトラムの停留所まで送っていきながら、バスティアンが言った。

「わたしだって、あなたがいないと寂しい。今晩目が覚めたら、誰が抱き締めてくれるの？　でも、マーラにはこの休暇がいい影響を与えると思う。ひょっとしたら金曜日に代理をしてくれる人が見つかって、今晩のうちにわたしも出発できるかも」

最初、バスティアンとマーラは黙ってドライブしていた。マーラはスキーに行くという決定が自分に相談もなく行われたと考えていて、不機嫌だった。しかし、山や雪、ゲレンデ、風を切っての滑降や、顔に当たる風、スキーが雪の上で立てる音などを思い浮かべると、マーラのなかに、頭にも腹にも手足にも、それを楽しみにする気分が広がっていった。まもなく自分の体を自由に軽々と動かして、スキーで躍動し、踊ることができるだろう。彼女はバスティアンの腕に手を置いた。「ありがとう。町を出て、雪のなかでスキーする——これ以上にいいことってないね。これまでは、体が麻痺したようになっていたから」

「ちょうどいま、きみがどうやってスキーを覚えたか、考えていたんだ。思い出せるかな？　ぼくたちが一緒に暮らし始めたあとの冬だったよ。きみは三日間、ホテルから出ようとしなかった。最初は外に出るように説得しようとしたけど、それはやめてきみにお話を読んであげたんだ。何時間もね。きみが眠ったら、読むのをやめた。目を覚ましたら、またお話を読んだ。家から持ってきた何冊かのお話の本は、すぐに読み終わってしまった。そこでぼくは、持参していた『オデュッセイア』を読んだ。自分でも読みたいと思っていたからね。きみは『オデュッセイア』で満足した。六歩格という独特の韻律が気に入ったんだと思うよ。四日目に、きみは外に出た。数日後には、まるでスキー板を履いて生まれてきたかのように、スイスイと滑っていた」

「あのとき自分がどんなに幸せな気分だったか、まだ覚えてる。いろいろと大変なことばかりだったけれど、ようやく単純な世界に来られたのよ。白と雪の世界にね」マーラは笑った。「いまな？」

もまた、白い世界に浸って速く滑りたい。いつ到着するの？　今日中にゲレンデで滑れるか

　彼は時計を見た。「二時にはリフトに乗れると思うよ。身なりを整えたり荷物を出したりするのはやめて、スキーに必要なものだけ身につけて出かけよう。そして、暗くなるまで滑るんだ」

「前みたいに？」

「そう、前みたいに。最後に一緒に滑ってから、もう九年になるね」

「わたし、自分のことは一人でやりたかったの」

　バスティアンはうなずいた。自分が三日間朗読したことがマーラの人生を変えたのではなく、雪とスキーのおかげだったかのように言われたことで、ちょっと気を悪くしていた。しかしそれは些細《ささい》なことだし、彼は小さなことにこだわりたくなかった。彼はマーラと一緒にスキーができるのを喜び、近くに越してきてからはマーラがよくテレーザと自分のところに立ち寄ってくれるのを嬉しく思った。マーラは進んで両親と一緒に何かを計画したし、ジルヴィーもどんどん家族の一員になってきていた。マーラは充分長く、自分のことを一人でやってきたのだ。

彼はマーラの方を見た。彼女は窓ガラスに頭をもたれさせ、太腿の上で両手を組んで眠っていた。バスティアンの心に、大きな愛情が湧き起こってきた。テレーザが自分の人生にもたらした、小さな女の子に対して。しっかりした仕事を選び、母親になるという困難な道に立ち向かった若い女性に対して。あの小さな女の子が彼の心を動かしたように、強い女性となったいまでもマーラは彼の心を動かした。いま車に乗せているのは、貴重な存在だった。そのことを自分に言い聞かせると、ドライブも味気ないものではなくなり、集中して注意深く走ることに喜びが生まれて

きた。それから道はカーブになり、谷に向かって上り坂になった。谷が、雪に覆われて白く、陽の光に輝きながら広がった。もう遠くから、ゲレンデやリフトやスキー客たちが見えたが、幸いなことに数は多くなかった。

「着いたよ、マーラ」バスティアンは彼女の腕に触った。マーラは目を開き、彼に向かってほほえんだ。

9

二人はリフトの営業が終わるまでスキーをした。ちょっとした競走をしたり、急にコースから外れてびっくりしたり、まるでダンスのように、前になったり後ろになったり並んだりして滑った。しゃべったり笑ったりしながら一緒にリフトに乗った。サウナに入り、シャワーを浴び、テレーザとジルヴィーに電話してから夕食の席に着いたときには、軽やかで心地よい疲れを感じていた。マーラはカクテルを飲んだあとでシャスラの白ワインを一杯、二杯、三杯と飲んだ。大きなグラスではなく小さなグラスだったが、とても可愛らしくほろ酔いになっていた。マーラは早口でたくさんしゃべった。学校のこと、自分のアパートのこと、ジルヴィーのアパートのこと、週末の往来や、自分が好きなテレビドラマについて。バスティアンは耳を傾け、ときおり質問を挟むだけにした。マーラの生活についてたくさん話が聞けるのは嬉しかった。マーラの輝く目や、たまにくすくす笑ったり、相手を小突いたりする仕草。彼女の両手のすばしっこくて神経質な動き。マーラは白ワインのあと、最後に赤ワインを飲みたがった。そこで二人はピノ・ノワールを一本注文し、一緒にボトルを空けたのだった。

あとになってバスティアンは、酔っ払っていたのはマーラではなく自分だったのだろうか、と自問した。喉が渇いていて、水も一本注文したのだが、冷たい白ワインが気持ちいいと思ってしまったのだ。白ワインを飲み過ぎたのだろうか？　軽くて口当たりのいい、スイスのヴァリス州産の赤ワインも飲み過ぎたのか？　あまりにもせっかちに自分にワインを注いでしまったか？　普段、他の人のグラスに注がないで自分の方にだけ注ぐことはなかった。では、マーラが彼にワインを注いだのか？　彼を酔っ払わせようとして？

彼らは早い時間に食事に行き、早々と食べ終わった。満足し、すぐにも眠りたい気持ちで隣り合った客室に行き、「おやすみ」を言ってキスして別れた。バスティアンはベッドで読書するつもりだったが、目が閉じてしまった。

本当に目が覚めたわけではなかった。ドアが開くのが聞こえ、足音が聞こえた。つまずく音や、カサカサいう音が聞こえて、彼女の体が掛け布団の下に潜り込んできた。「テレーザ！」代理が見つかって、ホテルに来られたんだな。彼女は彼と同じく、裸だった。肌が冷たくて、それが彼を元気づかせ、興奮させた。彼は彼女の方を向き、彼女に触り、引き寄せた。ああ、彼女が彼を招き、自分の体を与えて、導き入れてくれた！　彼は彼女の体を楽しもうとしたが、彼女は彼をしっかりと奥まで迎え入れたので、彼は長時間我慢することができなかった。セックスはすぐに終わってしまって、何かを言ったり、優しくしたり、テレーザの好きな体位になったりする暇もなかった。何か尋ねたいと思ったが、何を言うべきかわからず、それにもかかわらず話し始めようとすると、彼女が彼の口に指を当てた。穏やかに、彼女は彼を自分の隣に押しやった。

彼女が出ていく音は聞こえなかった。朝になると彼の隣はもぬけの殻で、彼女はバスルームにもいなかった。部屋には荷物もなかった。テレーザは来ていなかったのだ。

バスティアンは何が起こったのかを理解した。と同時に、何も理解できなかった。どうしてマーラだとわからなかったのだろう？ 何という父親、何という夫、何という人間だろう？ どうやってテレーザの前に出たらいいのだろう？ ジルヴィーの前にも？ こうした問いについて考える時間はまだあるとしても——どうやってあとでマーラに会ったらいいのだろう？ マーラが自分を騙して利用したことで、彼は憤慨していた。マーラに対し、自分に罪があるようにも感じていた。マーラとの仲は、もうけっして前のようにはならないだろう。

それともあれは、ただの夢だったのか？ バスティアンは掛け布団をめくってみた。セックスのあとの匂いがした。いや、夢ではなかったのだ。自分の娘と寝てしまった。血を分けた娘ではないが、自分の娘なのだ。マーラはそう感じていたし、バスティアンもテレーザも、そう思ってきた。

彼はベッドの端に座ったまま、どうすればいいかわからなかった。マーラとは、八時に朝食に行く約束をしていた。彼は座ったまま、ガラス戸を通してバルコニーを見、バルコニーの手すり越しに斜面やゲレンデ、リフト、スキー客、頭にヘルメットを被り、教師が立てたポールの周りをすばやくカーブしている子どもたちを眺めた。昨日はなんと楽しい気持ちでマーラと屈託なくリフトに並んだものか、と彼は考えた。山上に向かって空中を運ばれていき、風を切ってゲレンデを滑り降りた。それがもう失われてしまった。今日も明日も、永遠に。

そのときノックの音がして、ドアが開いた。マーラが部屋のなかに頭を突っ込んだ。「ほら、ねぼすけさん！」彼女はバスティアンに向かって笑いかけた。「急いで！」彼女はなかに入ってくると、コーヒーとクロワッサンを載せたトレイをテーブルの上に置き、彼の額にキスした。「二十分後に、下でね！」そう言うと、彼女はもういなくなってしまった。

バスティアンは立ち上がり、シャワーを浴びた。着替えながらコーヒーを飲み、エレベーターに向かって歩きながらクロワッサンを食べて、二十分後に下に着いていた。すべてが奇妙に嘘のようだった。冷たかったり熱かったりするシャワーも、マーラの姿も。どうしてマーラは昨日と同じように見えるのだろう？　しかし、起き上がってシャワーを浴び、コーヒーを飲み、クロワッサンを食べてエレベーターに乗ったのと同じように、彼は立てかけてあった自分のスキーを取り、マーラと一緒にリフトに行き、スキー靴を履いてマーラと一緒にゲレンデに出た。テレーザとジルヴィーがホテルに着く時間になるまで、そうやって滑っていた。彼らが到着したのを出迎え、抱擁し、一緒に夕食を食べるまで、バスティアンはまるで、起きていると同時に麻酔にかかったような状態だった。ベッドのなかでは彼はテレーザの手を探り、それをしっかりと握ってしがみついていた。しかし、それは彼にとって何の支えにもならなかった。自分たちのあいだにこんなにたくさんの過ちがあるのに、どうして彼女の手が支えになるだろう、と彼は思った。

10

家に戻ると、バスティアンはいろいろ調べ始めた。父親が娘とセックスして、娘が死ぬという小説があったのではないか？　父親は「ホモ・ファベル（物を作る人間）」で、学があり、技術にも詳しい人間だ。工作者、現代人。人間を不法行為や罪から守ってきたタブーも、彼には意味がないということなのか？（マックス・フリッシュの『ホモ・ファーベル』という小説では、別れて暮らしていた父と娘が旅先でそれと知らずに出会い、肉体関係を持つ）聖書にも、他に男性がいなくて子どもを持つことができないので、娘たちが父親を酔っ払わせてセックスする話があったではないか？（「創世記」に出てくるロトとその娘たちのこと）それに聖書には、ある女性に求婚して結婚するが、結婚式の夜には彼女ではなく彼女の姉がやってきて、彼はそれに気づかず寝てしまう、という話もあったのではないか？（「創世記」に出てくるヤコブとラケル、その姉のレアのこと）これらの男性たちはどうなったんだろう？

彼はマックス・フリッシュの小説を読んだ。主人公は手術の際に死ぬ。胃癌が進行しているので、手術してももう助からないことを彼は知っている。癌は彼の盲目性と結びついているのだろうか？　彼が娘をそれと見分けられず、彼女と寝て、異性として愛してしまうことと？　癌は人間の盲目性を象徴する病気なのだろうか？　科学では説明できず、技術では克服できない世界の秩序があり、父親が娘に触れることを禁じている。そのタブーを犯すことが、娘の死を招き、彼を罪のなかに巻き込むのだろうか？　彼が意図的に、もしくは投げやりに、その罪を犯したのではないとしても？　バスティアンは今後は都合が悪くなるからという口実を作って、医者のところに行き、早めに定例の健康診断をしてもらった。「癌の兆候はありますか？」しかし、彼は健康体だった。

「創世記」の十九章にはソドムの物語と、ロトと、塩の柱になってしまった彼の妻、そして名前がなく夫もいない彼の娘たちのことが書かれていた。ロトと娘たちはソドムの破滅後に生き残る。娘たちはロトと寝たあとに妊娠し、モアブ人とアモン人の祖先となる。泥酔して娘たちと夜を過ごし、何も気づかなかったロトがその後どうなったかは、聖書には書かれていない。モアブ人やアモン人や娘たちやロトがそのことで呪われた、とも書かれていない。男性がまったくいないのであれば、父親が代役を務めるしかない。それは悪いことではない――神は事柄をそのように実用的に見ている。バスティアンは神を信じていないけれども、こう考えて安心した。

そして、ヤコブとラケルとレアとラバン（ラケルとレアの父親）に至っては！ ヤコブはラケルを愛していて、彼女と婚約している。ヤコブは結婚し、彼女との初夜を楽しみにするが、その夜、ラバンがラケルの代わりに姉のレアを連れてきたことに気づかないのだ。ラバンは姉娘の前に妹娘を結婚させることができない、あるいは結婚させたくないからだ。ヤコブは翌日になってようやくそのことに気づく。「朝になってみると、なんと、それはレアであった」しかし、そのことはヤコブにとって不利にならない。一週間後、彼はラケルをも妻にすることができる。そして、レアとラケル、その女中のビルハとジルパに、次々と子どもを産ませるのだ。

創世記二十九章の記述はあっさりとしている。バスティアンはより具体的な描写を求めて、トーマス・マンが創世記を元に執筆した『ヨセフとその兄弟』という長編小説を読んだ。男がベッドで一人の女性を他と取り違えることが実際にありうるだろうかという問いを胸に抱きながら。彼女と寝ているのだと思いつつ、実は別人と寝ているなんて、可能だろうか？ そのような取り違えの際に、正しく事が運ぶなんてあり得るだろうか？ その男は、女性がそばにいるだけで圧倒されてしまって、寝ている相手が誰かなんて考えなかった、と自分に言い訳しなければならないのだろうか？ しかし、トーマス・マンの小説も、バスティアンに無罪判決を与えてくれた。マンが描くヤコブは、ラケルがそばにいると確信していたのだ。彼の両手は彼女の髪、目、頬、肩と腕に触れて、すべてラケルのものだと思ったのだ。そうして初めて、レアはヤコブにとって、その激しい一夜のすばらしい伴侶となったのだった。

しかしながら、ラバンの悪巧み以外、登場人物は全員手の内を明かしている。ラケルとレアとビルハとジルパは、ヤコブが自分の子どもたちの父親であることを知っている。バスティアンはスキー場での一夜について、テレーザともジルヴィーとも話さなかった。マーラと彼は、あたかもあの一夜はなかったかのように振る舞った。テレーザかジルヴィーと話すべきだろうか？ ときおり彼は、そうすればみんな解放されるのではないかと考えた。でも、何のために彼らを解放すべきなのか、そして自分を解放すべきなのかはわからなかった。打ち明けたら、みんなの関係が難しくなるだけだろう。テレーザやジルヴィーと話すのは不可能だった。

11

モンタフォンから戻って四週間後に、マーラが妊娠を発表した。女性たちは高々と歓声をあげ、バスティアンも声を揃えた——そうしないわけにはいかないだろう？ その前に流産したことがあったので、マーラは今回、大切にされ、みんなに世話されていた。たくさん休憩をとり、重くない食事をし、散歩の際にはゆっくりと慎重に歩いていたが、それを聞いた医者は、そんなの意味ありませんよ、と言った。妊娠は病気ではないんですから。マーラさんは頑丈な体をしていますし、赤ちゃんも元気ですよ。その言葉によって、次の段階が始まった。誰も不安がることはなく、マーラの体や外見、幸せに溢れた顔や、膨らんでいくお腹を見て喜んだ。女性たちが幸せそうなので、バスティアンも嬉しかった。テレーザはマーラと一緒に顔を輝かせ、一緒に膨らんでいくようだった。そして、久しくなかったことだが、彼にエロティックなセックスを求めるようになった。何という女性だろう！

ジルヴィーの都合が悪くて、テレーザとバスティアンが超音波検査に付き添ったとき、医者が「方針を変えてよかったですね」と言った。バスティアンは、そのコメントが頭から離れなかった。何から何へ、方針を変えたのだろう？　匿名の提供者の凍結された精子から、近くにいる提供者に変わったということなのか？　その提供者は彼女と寝たのか？　医者はテレーザとバスティアンの前で、周知のことであるかのように方針の転換について述べた。なぜならマーラが――バスティアンはそこで初めて、モンタフォンに行ったあと、マーラがもう人工授精の試みをしなかったことに気づいた。それとも彼が気づかなかっただけだろうか？　でも、これまでは試みのたびに、詳しく話をしてきたのに？

女性たちも、彼と同じく何か隠し事をしているのだろうか？　マーラが彼と寝たことを知っているのだろうか？　それどころか一緒にそれを望み、計画したのだろうか？　テレーザとジルヴィーが最初の夜に一緒にモンタフォンに来なかったのは、マーラが必要なものを得るためだったのだろうか？

バスティアンは熱心に、いつが妊娠の始まりと見なされ、出産はいつの予定なのかと尋ねた。しかし、答えはあまり参考にならなかった。十二月の人工授精のあとの妊娠テストの結果が間違っていて、あのころにもう妊娠していた可能性もある、というのだ。妊娠テスト？　マーラは人工授精のあと、一回の妊娠テストだけでは満足せず、いつも二回目、三回目のテストを受けることを希望していた。残念ながら妊娠テストが間違いだったというのはよくある話だ、とバスティアンは聞かされていた。彼は薬局で質問してみた。女性の店員は肩をすくめた。「何度もですか？　人間の手で作られたものですから、失敗を完全に防ぐことはできません。でも、そんなに何度も間違っていたんですか？」

バスティアンは、どう考えたらいいのかわからなかった。女性たちが今回のこと全部を望んで計画したという結論に達するとして、自分がそれに反応すべきか、どう反応すべきかもよくわからなかった。そして、どうするか決心がつかなかったので、結局は自分に対して、このことが女性たちの計画で起こったはずはない、と言い聞かせた。テレーザとジルヴィーは何も知らなかったのだ。マーラと彼だけが秘密を知っていて、それを守っている。秘密を守ることには、あたかもすべてが正しいプロセスを経たかのように、子どもの誕生を楽しみにすることも含まれていた。

妊娠七か月目か八か月目のことだった。テレーザがある午後、マーラのところで子ども部屋や子ども服、子ども用ベッドなどの準備を手伝ってから帰宅した。バスティアンは夕食の支度をしていた。ヒレ肉とサラダ、バゲットに赤ワインだ。食後、二人はグラスを持ってソファに移動し、テレビをつけたが、アナウンサーの声にも画面にもそれほど注意を払っていなかった。テレーザはバスティアンに体を擦り寄せた。

「最初は新しい役割に慣れなくて、あなたはちょっと物おじするかもしれないけど。まもなく孫が生まれることで自分がどれほど幸せか、口では言えないほどよ。それに、あなたがおじいちゃんになるのを喜んでくれていることで」

バスティアンは飛び上がった。「おじいちゃんだって？　いや、ぼくはおじいちゃんにもおじいさんにも祖父にも、なる気はないよ。きみに対しても、マーラに対しても、赤ん坊に対してもね。ぼくはバスティアンのままだ」

12

テレーザは出産に立ち会いたがったが、マーラとジルヴィーは注意深く、そして辛抱強く、出産とその後の時間は赤ん坊と自分たちだけで過ごしたいのだ、と説明した。テレーザとバスティアンは翌日病院に行き、赤ん坊を見ては驚いたり感心したりし、母親二人にお祝いを述べた。男の子が生まれることは、あらかじめわかっていた。しかし、どういう名前にするか、マーラとジルヴィーは秘密にしていた。オスカーだ――バスティアンはその名前が好きではなく、マーラがこの子はバスティアンの息子ではないと思い出させるために、わざとこの名前を選んだのかと自問した。

まるで彼に思い出が欠けているかのような仕打ちだ。バスティアンは一方的な無言の対話のなかで、息子に向かって言った。自分たちは一体だが、一緒にはなれない。ただ垣根越しに互いを見つめ、触れ合ったり話したり、笑ったり泣いたりできるだけだ。これは変えられない。残念だが。

彼はそれを残念に思ったし、この世界や光や騒音に圧倒されて大泣きしているちびっ子を可哀想に思った。彼を助けたいとは思ったけれど、どうすればいいのだろう。もちろん、これからの数か月、数年、たくさんのことでこの子を助けるだろう。おしゃぶりを拾って洗ってから渡したり、積み木のタワーを作っては壊し、また作っては壊したり、自転車に乗るこの子の隣を走り、倒れそうなときには自転車を押さえたりすることもできるだろう。マーラと一緒に学校の勉強をしたように、彼とも一緒に勉強できるだろう。しかし、オスカーが感じている負担については、世界との最初の出会いだけではなく、後々の出会いにおいても、バスティアンがそれを減らしてやることはできないだろう。

しかし、自分が勘違いしているだけかもしれない。赤ん坊が感じる過度の負担についてテレーザに話してみたが、テレーザは彼が何のことを言っているのかわからなかった。オスカーは生まれつき力強く、活発で冒険好き、そして学ぶのが好きな子どもだった。オスカーとバスティアンは仲良しになった。バスティアンはおじいちゃんと呼ばれたくないと抵抗していたが、やがて諦めた。オスカーとバスティアンは似てるね、と人から言われると、オスカーは喜んだ。バスティアンは愛情の深い継父であり祖父に違いない、と人々は言った。だって、義理の娘のマーラが、こんなにバスティアンそっくりの子を産むんだからね。そう言われるとマーラは笑い、バスティアンは困ったようにほほえんだ。

バスティアンはときおり、ファベルやロトやヤコブのことを考えた。マックス・フリッシュは不当だ。あの娘は死ぬ必要はなかったし、父親だってそうだ。聖書の方が道理が通っている。娘たちは幸福な母親になったし、間違った花嫁と過ごした夜が正しい花嫁との幸福を破壊することはなかった。マーラは幸福で、テレーザとバスティアンも幸福だった。正しいことが間違った結果になることはよくある。でも、間違ったことが正しい結果になることがあったっていいのではないか？

島で過ごした夏

Der Sommer auf der Insel

1

彼はこれまで、両親と一緒に休暇を過ごしたことがなかった。父は休暇になると母を独り占めしたがったので、彼と姉は休みを祖父母やおじ・おばのところで過ごした。

しかし、一九五七年の夏はいつもと違っていた。父の上司が事故に遭い、父がその部署の責任を負うことになったため、休暇が取れなくなったのだ。母は父のそばに残りたがったが、ちょうど肝炎から回復したばかりで、医者からは休養をとるためにアルプスか海辺に行くように、と勧められていた。母は子どもたちを二人とも連れていこうとしたが、十五歳の娘の方はテニス合宿に行きたがった。わざわざそのためにバイトをして貯金していたのだ。そういうわけで、母と十一歳の息子だけが休暇に出かけた。

列車のなかで少年はようやく事態を把握した。父と姉は、母と彼を駅まで送ってきて、プラットフォームまでついてきた。コンパートメント（六人分の座席があり、他と区切られている客室）の開いた窓を通して互いに最後の指示や注意を与え合い、それから姿が見えなくなるまでハンカチを振った。母は窓を閉め、腰を下ろした。少年は母の向かい側に座った。客室にいるのは彼らだけだった。彼は、母と二人きりになったのだ。

母は横の座席に置いたバッグから一冊の本を取り出し、太腿の上に両手で支えていた。少年に笑いかけたが、それはあたかも、彼がそばにいるのは嬉しいが、邪魔はしてほしくない、と伝えるかのようだった。母は本を開き、読み始めた。

母のそんな姿を見るのは初めてだった。家では母はいつも動いていた。台所で動き、食事の際に動き、ミシンのところで、洗濯場で、庭で、ピアノのそばで動いていた。母は彼がベッドに入ったあと、リビングのソファでこんなふうに本を開いて座っていたのだろうか？ 上体を椅子の背にもたせかけ、足を組み、他に何も存在しないかのように集中して、目を本のページに向けていたのだろうか？ でも家では、こんなエレガントな服は着ていなかっただろう。襟ぐりを小さく丸くカットした、長袖でボタンのたくさんついた灰色のワンピースで、母の灰色の目と茶色い髪によく合っていた。母がこの服を着ているのを見たのは初めてだった。彼は母が穿いている透明で灰色の光沢を放つストッキングを見るのも初めてだった。いままで母の脚に注目したことはなかった。広告柱に貼られた宣伝などで見ることができる、女性の脚だ。彼は母の顔も新たに認識したが、その顔も、広告で見た女性たちの顔を思い出させた。頬にピンク色の紅が差され、眉は抜いて形を整えてあり、口紅をつけていた。人々が思わず眺めたくなる顔だ。

彼は窓の外を見た。急行に乗っていたので、周囲の風景がどんどん通り過ぎていった。畑、木々、家、踏切に停まっている車、プラットフォーム上の人々、すれ違う列車など。ときにはずっと遠くに見えていた何かが、ゆっくりと大きくなり、一秒の何分の一の速さでさっと通り過ぎるのを見た。彼はコンパートメントのなかを見回した。母の隣の二つの空席、自分の隣の二つの空席、荷物を置く網棚。上にある大きな網棚には二つのスーツケースが置かれ、下の小さな網棚にはお弁当のパンやリンゴが載っている。上げたり下げたりできる小さなテーブルがあり、暖房装置とスイッチがあった。彼の視線はくりかえし母の方に向けられた。馴染みの、しかし見知らぬ美しい母――母がこんなに美しいのを見たことがあったか、これまでこれほど美しい女性に会ったことがあるか、彼には思い出せなかった。

母が本を下ろして自分に笑いかけたり話しかけたりしてくれるのを、彼は待っていた。しかし母は本を読み続けていた。ほんの一瞬、自分はこの列車によそ者として乗っているのではないか、ひとりぼっちで忘れ去られ、行方不明になっているのではないか、という不安が胸を掠めた。それから彼は眠り込んだ。

2

目が覚めたときには列車は停車していた。母は眠っていた。本は傍に置かれ、両足を隣の座席に上げて、フックに掛けたコートで顔と肩を隠していた。列車は駅ではないところに停まっていた。鉄道会社の制服を着て帽子を被った男たちが列車に沿って歩いており、外に降りた乗客に対して車内に戻るように合図すると、ドアを閉めた。それから列車は走り出した。

最初はまだゆっくりと走っていた。世界は飛ぶように過ぎていくのではなく、絵本のページを一ページずつめくっていくような感じだった。乳牛のいる牧草地、農家、車が走っている道路、ガソリンスタンド、市が立つ広場、駅、煙を出している煙突と工場。そこに車掌がやってきて、コンパートメントのドアを開け、列車に故障が見つかったので、次の駅で全員降りて代わりの列車を待ってもらうことになった、と告げた。車掌はそれからまたドアを閉めた。

「何だって？」母はまだ寝ぼけている様子だった。

少年が説明すると母はうなずき、前屈みになって彼の頬にキスした。「冒険ね、わたしたちの旅は冒険になるわね。もし船に乗り遅れたら、港で一泊して明日の朝、島に渡りましょう」

そういうことになった。代わりの列車が海岸の小さな町に到着したのは、最後のフェリーが出てしまったあとだった。海岸は遠浅で、泥土がむき出しになっており、沼のようなところに水がチョロチョロ流れていて、夏の保養客が滞在したり休暇用のホテルがあったりする感じではなかった。駅の食堂の上にはいくつか泊まれる部屋があったが、代わりの列車で到着した旅行客全員が泊まれる数ではなかった。そのため、待合室が開けられ、ウールの毛布が配られた。母は部屋を取り合う人たちの争いにはまったく加わることなく、待合室を見回して、隅のベンチの後ろに静かな場所を見つけた。そして、ウールの毛布で寝床を作ってくれた。少年は、すべてにワクワクした。待合室。人々が話したり喚《わめ》いたり、笑ったり囁《ささや》いたりする様子。柔らかくはないが、硬過ぎることもない寝床。開いた窓から海の香りと潮騒の音が入ってきて、待合室を満たした。母は横になり、彼を引き寄せた。彼は安全な場所にいた。

翌朝、人々はみな陽気に目覚めた。無事に夜を過ごすことができたし、駅の食堂にはコーヒーとパン、ジャムがあった。フェリーの船長は「モイン、モイン（北ドイツの方言で「おはよう」を意味する、くだけた感じの挨拶）」と挨拶し、三十分後に船を出す、と案内した。人々はぎゅうぎゅう詰めでテーブルについていた。母と少年のほかに物静かな双子の娘を連れた夫婦と、黒髪で真剣な眼差しをした血色の悪い男がいた。大人たちが予想できなかった事態に対応して互いに紹介し合ったり情報交換したりする会話を、少年は聞いていなかった。その代わりに、全員をしっかり観察した。夫婦は彼の両親よりも年上で、双子の娘たちは彼より年下。双子の両親は几帳面な人たちで、娘たちはおとなしかった。血色の悪い男は少年の母と同年代で、真剣な眼差しでくりかえし母の方を見つめていた。少年は娘たちを笑わせよう、目をパチパチさせたり眉を上げさせたり鼻に皺を寄せたりさせよう、と試みてみたが、娘たちは静かにおとなしく彼を見つめているだけだった。少年はとうとうため息をついて諦めたが、そのとたんに娘たちはぷっと吹き出した。彼のことをからかっていたのだ。このグループの人々が船の甲板で再会したとき、少年は母を引っ張ってグループから引き離し、船のなかの探検をして、あらゆる通路、あらゆる甲板を歩き回った。彼は几帳面な両親やくだらない娘たち、駅の食堂で髭を剃らなかったために頰や顎がどんどん灰色になってきている血色の悪い男と一緒にいたくなかった。母と少年が探検から戻ってくると、船はちょうど目的地に着くところで、短い別れの言葉が交わされた。

二人はホテルの制服を着てカートを押す男に迎えられ、ホテル・ノルトゼー（ノルトゼーは「北海」の意）に案内された。泊まる部屋は二部屋あって、一枚のドアで隔てられており、大きい部屋にはダブルベッドとバルコニーがあってオーシャンビューだったが、小さい部屋にはシングルベッドがあって、窓からは隣家の防火壁が見えた。実家で大きな出費があるときに最終的に決めるのは母で、父が懸念を表明しても無視されてしまうのを、少年は見たことがあった。祖父母の家に行ったときには、母の両親の方が父の両親よりも裕福なのに気づいた。だからこれは、父の休暇ではなく、母の休暇なのだ。食事のときも、父と一緒だったらあり得ないことが起こった。少年は好きなものを注文していいと言われたし、母は一杯のワインを飲んだのだ。

3

ホテルには四週間滞在することになっていた。数日後に、休暇の生活のリズムができあがった。九時に朝食、それから海岸に行き、波打ち際の最前列に借りた籠椅子のところで海水浴をしたり、ボールで遊んだり、輪投げをしたり、本を読んだりする。昼食は軽食堂で、魚を挟んだパンや茹でソーセージを食べる。それから母子は別れる。少年は海岸に残り、母はホテルで昼寝をするのだ。四時になると母が迎えに来て、海岸や土手や村の散歩を一緒にする。少年は、細長いこの島を自転車で端まで探検したいと思ったが、母はうまく自転車に乗ることができず、自分や息子のことを心配して、自転車を借りることを拒んだ。

母が昼寝している時間を、少年は持て余した。彼は双子の娘たちを見つけた。彼女たちは父親の指導で、細かくて退屈な砂の城を作っており、一緒に作ろうよと誘ってくれた。しかし彼は、そんなことをするほど自分は子どもっぽくないと思った。誘いを断って寂しい一日を過ごしたあと彼は後悔したが、翌日また砂の城のところに行って誘ってもらうのは自分のプライドに反した。

そんなわけで、最初の数日、彼は籠椅子のなかで背もたれを立てたり倒したり、まっすぐ寝転んだり斜めになったりしながら、自分の持ってきた『トム・ソーヤーの冒険』を読んだが、母の持ってきた本も読んでみた。『ロリータ』だ——自分向きの本ではないと気づいたし、本当におもしろいとは思わなかったが、この本にはどこか彼を戸惑わせるところ、興奮させるところがあった。それは毎日、抵抗しなければいけないと思いつつ屈してしまうような誘惑だった。その本は彼の視線を変えた。彼はもはや、水に入ったり出たりして、濡れていたり、濡れた水着の下はほぼ裸だったりする女性たちを見ているだけではなかった。彼女たちは大きな乳房やはち切れそうな尻、ふっくらした腰をして、歩くときや走るときにはドキッとするような動きになる。しかし少年は、少女たちも魅力的だと思った。これから女性になろうとしているけれど、まだ成熟しきっていないのが見てとれる少女たち。数日経つとまた好奇心が芽生えてきて、あいかわらず父親と一緒に砂の城を作っている娘たちのところに行った。そう、彼女たちはもういくぶん乳房が膨らみ、もはや少年とは違う、腰や尻に軽く弾みのついた歩き方をしていた。一緒に砂丘を転がってから水に入ろうと誘うと、彼女たちは乗ってきた。砂の城を作るのには飽き飽きしていたのだ。

しかし双子の両親は、娘たちから目を離したがらなかった。彼らは砂丘を転がって水のなかではしゃぎ回ってもいいし、海岸のどこかで「おいおい怒るな!」という名前のすごろくゲームをやってもよかったが、あくまで目の届くところで、ということだった。娘たちは最初のころにどこかに行ってしまって夕方まで見つからなかったことがあり、両親を心配させていたのだ。

少年は砂丘の上に窪みを見つけた。まっすぐに座れば、そこから双子の両親が見えたし、両親からも娘たちが見えた。窪みは風を防いでくれた。直射日光に当たることは、二人の少女たちと少年にとって、苦にはならなかった。日焼けにはもう慣れっこになっていたのだ。両親は少しためらったけれど、子どもが自分たちだけの場所にいることを了解し、窪地にいることを許してくれた。

4

彼らは疲れ切るまで砂丘を駆け上ったり転がり下りたりし、水のなかで鬼ごっこをしていた。そして、初めて午後の時間を窪地で過ごした。彼らは向かい合って窪地に寝転がっていた。少年が一方の側に、少女たちが反対の側に。少女の一人は仰向けで、もう一人は腹ばいになっていた。少年の両足は二人のあいだにあった。彼は疲れていて、体が太陽の熱を受けとめてその熱が体に満ちていくのを心地よく感じていた。動きたくはなかったが、自分のなかで何かが動いていた。憧れか、引き寄せか、でもどこに引き寄せられているのかは彼にはわからなかった。しかし、それは女の子たちと関係があった。彼女たちの足が自分の横にあるのを感じたように思った。

「あんた、したことあるの?」仰向けになっていた女の子が起き上がり、肘で体を支えて訊いた。モニカだっけ? ビルギットだっけ? 少年は双子を見分けることができなかった。

「何を?」

「キス」

少年は顔を赤らめた。「きみが言ってるのは……」

「ちゃんとしたキスのことだよ」

もう一人の方も転がって腹ばいから仰向けに変わり、体を起こした。「ちゃんとしたキスがどんなふうだか、知ってるふりなんかしないでよ」

「ベロでするんだよ。二人とも口を開けて、ベロを突き出すんだよ」

もう一人の双子は笑い、口を開けてベロを出した。「こんなふうに？」

「一人じゃキスできないでしょ。こういうことは全部、一人ではできないんだよ」彼女は少年の方に向き直った。「あんた、女の子を見たことある？」

少年はあいかわらず赤面していた。「女の子……もちろん……」

「ちゃんとっていう意味よ。ちゃんと見て、触ったかどうか」

少年は困惑して、双子たちを交互に見た。

「この人に見せてあげる？」

「この人も見せてくれるならね」

彼が見せると約束するまで、彼女たちは待っていなかった。二人は水着を肩から外し、腰まで下げ、互いに挑戦するように見つめ合うと、体を伸ばして水着を尻から膝まで下ろした。少年は最初、水着の動きを肩から膝へと目で追い、濡れたもつれ合う毛のところで目が止まってしまった。それから目を上げた——少女たちの乳房を見たかったのだ。本当に小さな乳房があるのかないのかはっきりしなかったが、彼はうっとりして手を上げた。女の子たちはくすくす笑い、足を開いた。少年は茶色い足のあいだの白い三角形と、アーチ型になった割れ目を見た。そして、何年も前に姉のそんなところを見たことがあった、と思い出した。でもそのときには何とも思わなかったのだ。しかしいま、その光景は彼を興奮させた。それは禁じられた、秘密めいて魔法のような眺めであり、拒むと同時に期待を抱かせるものであった。なぜかはわからないまま、彼はそこに惹きつけられた。彼は手を下ろして少女の一人の三角形に触れようとしたが、動きを止めた。

「今度はあんたの番よ！」

彼は水泳パンツを膝の上まで下げ、両足を開いて性器を見せた。一方の女の子がそれをつかみ、少しだけ引っ張った。もう一人もそれを真似した。彼は足を閉じた。水泳パンツを上に引き上げようとしたとき、少女の一人が言った。「そういうふうに、あの人があんたのお母さんの上に乗ってたよ。膝まで水泳パンツを下げて」

「何?」彼には理解できなかった。

「あの男の人よ。あたしたちが砂丘で迷子になったとき。二人は一緒に横になっていて、男の人の方が上で、呻き声をあげていたの」

少年は首を横に振った。振り続けて、もう止めることができなかった。彼は立ち上がり、首を横に振り、水泳パンツを引っ張り上げ、砂丘を駆け下りて走り去った。

5

少年は籠椅子のところではなく、別の方向に走っていった。そこは海岸がもはや手入れされていなくて、海難貨物が漂着しており、一群の若者たちがポータブルラジオから流れるヒット曲を一緒に歌っていた。

少女たちと互いに体を剝き出しにしたときには、恥ずかしいとは感じなかった。しかしいま、彼は恥ずかしさを感じていた。自分と少女たちのことで、そして、母とその男のことで。彼らのしたこと、彼ら全員のしたことは、間違いであり、唾棄すべき汚れたことに思えた。

あの男。自分が朝食のときに見て、船上では会うのを避けたあの男？　真剣な目つきをしていて、頬と顎がどんどん灰色になっていった男？　母をくりかえし見つめていた男？　それ以外に誰がいるだろう？　少年は島に着いてから、あの男を見かけていなかった。どこに泊まっているのだろう？　同じホテルだろうか？　自分が寝ているときに、母とその男は会っていたのだろうか？　いま、砂丘で一緒なのだろうか？　さっきの女の子たちのように母が裸になっていて、男はさっきの彼自身のように裸なのだろうか？

そんなことは想像したくもなかった。男のこと、そしてとりわけ母のことは。少年はこれまで、うっかり両親の寝室に入ってしまったことはなかった。父が母の上に乗っているのを見たこともなければ、両親が呻き声をあげているのも聞いたことがなかった。いまだって、そんなものは見たくも聞きたくもない。しかし、両親のあいだで行われるのであればそれは正しくて、母とその男のあいだで行われるのは正しくない、とわかっていた。なぜ母はそんなことをしたのだろう？　質問できるだろうか？　自分と少女たちのことを話せるだろうか？　質問もできず、話もできないなら——そもそも母との会話は可能なのだろうか？

そろそろ籠椅子に戻る時間だった。時計は持っていなかったが、いつごろが四時なのか、感覚的にわかった。少年は立ち上がり、歩き出した。ゆっくり、ためらいながら、水のなかに入ったり、砂の上を歩いたりして。貝や、珍しい断面を持つ石や、クラゲやその他の何かを見つけてくりかえし立ち止まったが、本当にそれに興味があるわけではなかった。どういう態度で母に会うべきか考えようとしたが、どうするべきか、どこから考え始めるべきか、どんな道筋を辿って結論に辿り着くべきか、彼にはわからなかった。母はどんな反応をするだろう、もし自分が……。少年には予想もつかなかった。

彼は、娘たちがいないのに一人で砂の城を作っている父親のそばを通りかかった。「どうしてさっきは走っていったんだい？」

「ぼく……トイレに行かなきゃいけなかったんです。それから、あの向こうはどうなっているか、見たかったんです」

「ビルギットとモニカはまだ上にいるよ」父親は頭で窪地の方を指した。

「二人を見分けられるんですか？」

「モニカは三歳のときに上から落ちて、首に小さな傷があるんだ。ここにね」父親は自分の首の、左耳の下を指した。

少年は少女たちに対して、黙って立ち去ったままにはしておけないと思った。しかし、また赤面するのも嫌だった。「じゃあ、ぼくはもう行きます」

6

彼は遠くから母を見た。母はこちらに向かって歩いてきていた。楽しげにほほえみながら、軽くて自由な足取りで。茶色い髪の上にサングラスを載せ、襟ぐりが大きく開いた白いブラウスと白い短パンを、深紅の水着の上に着ていた。「ここにいたのね！」母は少年を引き寄せると、頭にキスをした。

これまで、彼は母にいつも「よく眠れた？」と尋ねていた。でも、その質問はもうできなかった。「どうだった？」とか「調子はどう？」という質問も無理だった。でも、何も言わないわけた。

にもいかない。「女の子たちのところにいたんだ」

「あのご家族と一緒に、一度晩ご飯でも食べましょうか？」

そこにあの、真剣な目つきで頬と顎に影のある男も呼ぶのか？　少年はそれを口にはしなかった。

「どう思う？」

彼は女の子たちの様子を思い浮かべた。二人は彼の母を見るたびに、互いにつつき合ったり、くすくす笑ったり、口の前に手をかざしたりするだろう。いや、絶対にそんなのは嫌だ。「あの人たちは、自分たちだけでいたいんだと思うよ」

「一度訊いてごらんなさいよ。わたしからよろしく、と伝えてね」少年が何も答えずにいると、母は尋ねた。「それともわたしが一度、あの人たちのところに立ち寄ろうか？」

「いいよ。ぼくが伝えるから」

それから二人はいつものように籠椅子に座っていたが、何一つとして、いつものようではなかった。いつもなら彼は、『トム・ソーヤーの冒険』で愉快だったり驚いたりわくわくしたりする箇所を読んだときに、母をつついて、そこを朗読していた。そして、その箇所について話し合ったものだった。いつもなら彼はくりかえし本から目を上げて、人や犬や、誰かが揚げた凧を眺め、誰かが水に浮かばせたおもちゃのヨットを見た。そして、自分が面白いと思うものに母の注意を向けた。それから母に、ジュースを一本、あるいはリンゴやクッキーをおねだりしたものだった。ジュースやリンゴやクッキーで休憩し、しばらくすると、彼は母をつついて「一緒に水に入る？」と尋ねるのが常だった。

しかし、いま彼は黙って母の隣に座っていた。それがよくないということはわかっていて、すっかり読書に夢中になっているふりをすることで、その場を取り繕おうとした。彼は目を上げず、母から話しかけられても、まるでいまは本から離れられないのだと言わんばかりに、母を見ずに答えをつぶやいた。一緒に水に入ろうか、と母の方から尋ねたとき、彼は飛び上がり、海に駆け込み、母を気にすることなく周囲に水しぶきを上げた。それから、母を待たずにまた籠椅子に戻った。

何もかも大丈夫だけれど、この子はちょっと気を逸らされて、ぼんやりして注意散漫なのだ、と母に考えてもらうべきだろうか？　彼は、母にどう考えてほしいのかわからなかった。ただ、自分にこれ以外の態度がとれないことだけはわかっていた。母の様子を見て、母が驚いて心配しているのかもしれないとは思った。しかし、母は彼に説明を求めようとはしなかった。

7

少年がベッドに入り、母から「おやすみなさい」と言われたあとに、ようやく質問があった。

「坊や、何があったの？」

「何のこと？」

母は温かい、愛情のこもった笑い声をあげ、彼の頭と頬を撫でた。「わかってるでしょ。でも、きょうはそのことについて話したくないんだったら、明日また訊くわね」

そうなったら？　彼は、あと一日だったら何とか隠し通せると思ったが、二日間は無理だった。

明後日になって言ってしまうのだったら、きょうでも言えるだろう。「ママを見たって言うんだ。女の子たちが。ママとあの男の人を。砂丘で」

数十年経ってからあの夏を思い起こしたとき、当時の母の反応は、彼には不可解に思えた。母は「何を見たって言うの？」と尋ねて首を横に振り、少し混乱しながら面白がるような様子ですべてを打ち消すことだってできたのではないか。彼としては、それで満足だったのだ。

しかし母はそうする代わりに、「どういうきっかけで、そんな話をしたの？」と尋ねたのだった。

「女の子たちは……ぼくたちは……」彼は窪みでしたことを、報告したくなかった。しかし、母と自分とのこの状況下においては、互いに嘘をつくことは許されないと感じていた。二人のあいだの壁が崩壊したかのようだった。権威の壁、年齢の壁、性の壁。そんなわけで、彼は自分たちがしたことを話した。

「楽しかった？」

「うん、でもあれは間違ってたよ」

「間違ってた？」母は真剣に彼を見つめた。「女の子と男の子のあいだで楽しいことは、間違いじゃない。服を脱いだり、眺めたり、触ったりすることも」母はほほえんだ。「発見することがたくさんあるのよ。女の子のことも、あなたのことも。女の子と一緒に、たくさんすてきなことが。それがどうして間違いなのかしら！」

「ママとあの男の人は？」

「それもすてき、とてもすてきなことよ」母の眼差しは少年から外れ、夢見るようになった。

彼は、母の夢を邪魔するのをためらった。しかし、それでも質問した。「でも、パパは？　すてきなことはパパとするんじゃないの？」

母の眼差しは、また少年に戻ってきた。「そうよ、その通り。パパと会ったら、またそれはパパのもの、パパだけのものよ。でもいま、わたしはここにいるし、すてきなことなのだから。あの人は……すごく思い出させるの……」

「誰を？」

「戦争で亡くなった人。一週間だけの知り合いだった。野戦病院が移動することになって、彼は東へ、わたしは西へ行くことになった。わたしたちはすてきな体験はしなかった。あまりにも仕事が多かったし、とても恥ずかしがり屋だったから」母はほほえみ、また夢の世界に浸った。

「いま、ようやくそれが実現したのよ」

8

その男への親近感を隠さなくなった母は、以前とは変わった。足取りは軽やかになり、態度はのびのびとし、寛大になった。両手で何かを描写しながら説明しようとする際には、うっかり花瓶をひっくり返したり、テーブルからワイングラスを払い落としたりすることもあった。すると母は笑い、その笑い声のなかには歓声が混じっているのだった。日常的なことを語っているときでさえ、声のなかには興奮が混じり、溢れんばかりの感情があった。顔は輝き、目は光を放っていた——少年は、母がここまで明るい様子を見たことがなかった。

母がここまで細やかに情愛を示すのを見るのも初めてだった。一緒に歩いているとき、母はよく彼をそばに引き寄せた。海岸や海中に立っているとき、母はしばしば彼を抱擁し、髪や肩、あるいは口に、ごく自然な流れでキスした。それは、これまで母親や祖母やおばたちが示した情愛とは違って、少年を感動させた。これまでは当然のように、大人が子どもを支配する立場にあった。しかし、いま母が示す情愛は相手への敬意に満ち、慎み深いものだった。

それからは暑い日々がやってきた。気象予報士たちは熱波や熱帯夜、森林火災や耕牧地の火事の危険について語った。島には火災の危険はなかった。しかし、暑熱は柔らかく温かい泡のように島の上に居座り、すべての動きを遅延させた。従業員も客たちも、車のない島で人や荷物を運ぶ馬も、自分が見つけた日陰の場所を太陽に奪われたときだけ移動する犬や猫も、すべての動きが遅くなった。もう海岸で砂の城を作る人もいなくなり、遊ぶこともなくなった。人々は籠椅子のなかか、日陰に引っ込んでいた。

母の動きも鈍くなった。少年がこれまで見たことがないような、重さと緩慢さが動きに伴っていた。彼はそれが好きだった。母が示す情愛も重くて緩慢なものになったが、まるで母の体のなかに自分が落ちていけるような気分になった。あるとき四時に戻ってくると、母は彼の知らない匂いを漂わせていた。彼はその匂いが好きだった。何の匂いだか母に訊いてみたが、母は首を横に振り、彼も二度とその匂いを嗅ぐことはなかった。母はあいかわらずテーブルの上のものを倒したり、何かを払い落としてしまうことがあった。母はあいかわらずそのことで笑った。不思議そうな、それでいて泰然とした笑いだった。

少年は何度か母のあとをつけ、母と例の男が村のはずれで落ち合い、砂丘に行くのを見た。三時間後、彼らはその同じ場所で別れ、母は男の抱擁から身を離すと、男をそこに立たせたまま立ち去った。

少年は毎日、双子の姉妹のところに行った。モニカは首の小さな傷跡でビルギットと見分けがつくだけではなかった。モニカの方がすばやく、きびきびしていて生意気だった。彼女は両親の目を盗んで日よけ用の天幕を盗み出した。そのおかげで子どもたちは窪地に横たわり、暑さに耐えることができた。しかし、彼らの体はほてっていて頭もぼうっとしていた。姉妹たちか少年の誰かが「やろうか?」と声をかけると、他の者も同意し、彼らは服を脱いで互いの体を見たり触ったり、ときにはキスをしたりした。例の「ちゃんとしたキス」だったが、それに慣れることはできなかった。彼らは満足していた。自分や相手の体を楽しんでいたが、それは何かクライマックスや完成を目指す動きではなく、感覚的な快楽だけだった。

母の情愛、少女たちとの触れ合い、少年を焼き尽くす太陽、彼の体を満たした幸福感――官能に溢れたその夏は、単に彼の思い出に残っただけではなく、女性に対する愛情において常に彼が抱くことになる憧れを養った。この夏の官能が彼を運んでいったように、愛情も彼を運んでいくべきだった。

9

そう、母の言うとおりだった。すてきなことが間違っているはずはなかった。もしあの夏を父と過ごし、父が誰かと恋愛したとしたら、それでも同じようにいい夏だったろうか、と彼は後になって自問した。母の秘密を漏らさなかったように、自分は父の秘密も漏らさないだろう。でも、父の恋愛を母に言わないとしたら、それは母を思いやってのことだ。母の恋愛について父に言わなかったのは、父を思いやってではなく、母を守るためだった。つまり母の恋愛は、父の恋愛よりも正当だということなのだろうか？

熱波は去り、少年と母がその島を発つ数日前には気温が下がり、雨が降った。雨は連日降り続いたため、母とその男は砂丘で落ち合うことができずにカフェで会っていたが、母があるとき少年に、お昼過ぎまで図書館に行って、ホテルの部屋を使わしてくれないか、と頼んだ。出発の日、その男は二人を船まで送ってきた。男は泣いていたが、母は取り乱すことなく、ほとんど陽気といっていいくらいだった。

母はそんな状態で、家まで戻ってきた。父に対する母の態度も、夏前と少しも変わらなかった。母はまた父のものとなり、父だけのものだった。おやすみのキスのあと、少年は母に、「あの男の人は何をしているの？　会えなくて寂しい？　またいつか会うの？」と尋ねた。母は首を横に振った。あの人のことは何も知らないし、知りたくもない。一人の人間がそうやって母の人生から、他の誰かの人生から、完全に消えてしまえることは、少年を少し不安にした。しかしまもなくそれ以上に、ビルギットの夢や、夢のなかで彼女と一緒にやること、そしてその夢から覚めるとズボンが濡れていることなどが、彼の関心事になった。それから彼は、同じクラスのヘルガの夢を見た。

母の死後、ビーダーマイヤー様式のデスクの秘密の引き出しから、例の男の手紙が束になって出てきた。母は最初の何通かを開封していた。手紙は愛情と苦悩に満ちていて、もう一度会いたいと懇願していた。最後の何通かは、母はもう開封していなかった。消印を見ると、あの夏から何年も経ったあとに来たものだとわかった。彼もその手紙を開封しなかった。いつか開封して読んでみたいと思ったり、読まずに焼いてしまいたいと思ったり、あの男がまだ生きているのか調べたいと思ったり、その手紙を送り返したい、あの男に会ってみたい、また島に行ってみたいと思ったりした。

あの夏以来、彼は島に行っていなかった。父の死後、彼は母と小さな旅行に出かけた。ヴェニスに行ったり、マイナウ(ボーデン湖にある島)やブラニッツ、ムスカウ、連邦ガーデンショーなどに行ったりした。母に、またあの島に行きたいかどうか尋ねたこともある。母は高齢になってから好んで本を読んだり音楽を聴いたりしていたビーダーマイヤー様式の頬もたれ付き安楽椅子に座って、彼と向かい合っていた。「あの島ね」と母は言った。「あの島」それからほほえんだ。「わたしが旅行中に着ていた、灰色のワンピース覚えてる? 小さくて丸い襟ぐりで、ボタンがたくさんついていて、長袖だったわね。あのワンピース、いまでも洋服ダンスに掛かっているのよ」

ダニエル、マイ・ブラザー

Daniel, my Brother

1

兄と兄嫁の死のニュースは、彼がアメリカにいるときに届いた。姪が電話してきたのだが、彼女が何か言う前に彼はもう、二人が自殺したのだと悟った。

「二人は自殺したの」家族のなかでクリスと呼ばれていた兄のクリスティアンは、自分と妻のディナのために浴室の床に寝床をこしらえ、ドアの隙間をふさぎ、木炭を焚《た》いて睡眠薬を飲んだ。そして眠り込み、二度と目覚めなかった。クリスは浴室の前にプレートを置いて、ドアを開けて不意打ちを食らう人がいないようにしていた。二、三本先の通りに住んでいて、毎日両親の様子を見に来ていた姪は、このプレートを見て何が起こったかを知ったのだった。「両親がそういう話をしていたので、いつか自殺するのではないかと思っていました。でも、両親にもわたしたちにも、まだまだ時間の余裕はあるだろうと期待していたんです」

電話口の姪はきっぱりした元気な口調で話していたので、最初彼は戸惑った。しかしそれから、姪が看護師で、てきぱきと働く愛情深い女性であることを思い出した。彼女は職業柄、誰かが死亡した際に、やるべきことを勇ましくやってのける訓練を積んだのだろう。死亡を確認し、医師を呼び、当局に通報し、遺族に電話する。葬儀がいつになるかはまだわからない、と姪は言った。

受話器を置いたとき、彼はデスクに座ったまま、クリスとディナの住居を思い浮かべた。玄関付近、ピアノがある部屋への通路、バスルームに通じるドア、バスルーム。あそこには洗面台とバスタブと便器のあいだに、死んでいくのに充分なスペースはなかったはずだ。しかし、もしかしたら彼らはぎゅっと抱き合ったまま眠りについたのかもしれず、そんなに多くの場所を必要としなかったのかもしれない。

彼はクリスと、ときおり自殺の話をしたことがあった。彼らは二人とも、スイスの組織である「イグジット（Exit）」のメンバーだった。自殺幇助の組織で、彼らのおじ・おばが亡くなる際にも手を貸した組織だ。しかし「イグジット」の助けを得るためには、スイスに行く必要があった。木炭さえ入手すれば、自宅でも自殺できる。女性の友人が彼に、自分が教会の代母をした子どもが木炭で自殺した、と語ったことがあった。また、若者たちが木炭でグリルをしていて、雨が降ってきたので園芸用の小屋にその器材を持ち込み死亡した、というニュースを新聞で読んだこともあった。簡単に死ねる方法があるのは安心だ、などと当時の彼は思ってそれをクリスに話したのだが、まさかクリス夫妻がそんなに早く死にたいと思っているとは、予想もしなかった。

ディナはもう長いこと病気を患っていた。強い痛みがあるので強い鎮痛剤を飲まざるを得ず、集中力や記憶力が減退していた。しかし彼女は自分の安楽椅子に座って、メランコリックな平静さでその状況に耐え、「ようやく好きな本をくりかえし読めるわ。何度読んでも新しいんだもの」と冗談さえ言ってのけた。それにクリスの方は、いつも健康で力強く活動的だった、としか彼には思い出せない。クリスはディナの世話をしていたが、それが手に余るとか、もうこれ以上できない、やりたくない、と思っているような印象を与えたことは一度もなかった。

ピアノの部屋の隣には、リビングとダイニングを兼ねた部屋があり、そこでは今年の夏も四人のきょうだいが、年に一度の集まりのために集合した。例年と何も変わるところはなかった。最初はディナと一緒にソファのそばのローテーブルに向かい、食前酒を飲む。それからダイニングテーブルで、クリスが作ったスパゲッティを食べる。クリスはたくさんしゃべった。彼は家族の人生のエピソードをたくさん集めていて、そのなかには記憶したものと創作したものが混じっていたが、それらを生き生きと愉快に語った。彼は、そして彼ら夫婦は、今年は特別陽気だったのではないだろうか？　それなのになぜ、数週間もしないうちに自殺したのだろう？　それとも二人は、すでに決心して生の重荷を振り落としていたからこそ、あんなに陽気だったのだろうか？彼は離婚を決心したあとの妻との日々が軽やかなものだったことを思い出した。

彼の目はデスクから広い草地に向けられた。草地の背後には緑と黄色と赤に光り輝く秋の森があり、森の背後には山並みが見えた。手前の山は緑、その次は青、最後の山並みは灰色だった。最後の山並みの色褪せた灰色は、空の色褪せた灰色と溶け合っている。まるで絵のようだ、画家が構成した画面のようだ、と彼は考え、その考えがこれまで一度も浮かばなかったことに驚いた。クリスが美術史の専門家で、自分たちの一番美しい思い出の一つに一緒に美術館や展覧会に行き、絵についてクリスが小さな講演をしてくれるということがあったから、いまこんな考えが浮かんできたのだろうか、と彼は自問した。クリスの小さな講演は彼の目や心を開いてくれた。もう二度と、あれを聴く機会はないのだ。

突然、兄を喪った心の痛みが殴打のように彼を襲った。そしてその後の日々、何週間ものあいだ、思い出が呼び覚まされ、もはや答えのない問い、失意や失望についての憤り、手に入れることがなかった親近感を悲しむ気持ちなどが湧き起こってくるたびに、彼の心は痛んだ。ときには痛みが襲ってくるのが予感できたし、ときには最初みたいに、殴打のような痛みに引き渡されてしまうのだった。

2

一緒に近くの小都市までドライブすることにしていた女友だちが彼を呼んだとき、彼はクリスとディナのことを話した。彼女は彼を抱き締めた。「クリスに腹を立てないで。ディナはあれ以上我慢できなかったのよ。そしてクリスは、ディナなしにはやっていけなかったの」

クリスを悪く思わないで、というこの言葉を、彼は当初理解できなかったが、その後、夫に裏切られ捨てられた友人が自分と幼い息子の命を絶ったときの、女友だちの怒りを思い出した。いや、彼はクリスに腹を立ててはいなかった。しかし、クリスはほんとうに、ディナなしには生きられなかったのだろうか？　それともディナを一人で死なせるわけにいかなかったのだろうか？一人でバスルームの床に横たわり、睡眠薬でぼうっとなるのを待つように、と指示するのが嫌だったのだろうか？　あるいは自分だけが睡眠薬を飲まず、すでに睡眠薬でぼうっとした状態のディナを腕に抱きかかえたあとで、腕を外し、木炭に火をつけ、バスルームから出て行って彼女を一人にすることはできなかったのだろうか？　選択肢を具体的に考えれば考えるほど、確かに彼女を一人で死なせることは無理だったのだろう、ということが彼にも明らかになった。ひょっとしたら、彼女を一人で死なせたくないという気持ちと、彼女なしで生きていきたくないという気持ちが混ざり合っていたのかもしれない。八十歳で、新しい人生のステージに入る――愛する妻のいない、孤独なステージへ――彼らのおばとおじも、新しい人生のステージ、家ではなく老人ホームでのステージに入らなければならなくなったときに、自殺したのだった。

女友だちに抱き締められているあいだにこうした考えが浮かんできたことを、彼は嬉しく思った。これらの考えは彼自身が最近しばしば自問していることとも関連していた。どんどん忘れっぽくなってきていることをもっと気にすべきだろうか、認知症が始まっているかどうか診断してもらうべきだろうか、人生に別れを告げる正しい時点はいつだろう、というような問いだ。彼女の腕のなかで、彼女の胸や腹に守られながら考えるのは、柔らかく容易なことだった。彼の頭は彼女の肩の上で首筋に寄りかかっていた――馬が他の馬の首筋に頭をもたせかける場合も、こんなふうに守られていると感じるんだろうな、と彼は思った。

「しばらくここにいましょうか？　それとも一人でいたい？　買い物なら、わたし一人でできるから」

「いや」彼は抱擁から身を離した。「一緒に行こう」

辺鄙なところにある彼女の家から、なだらかな丘陵地帯と晩夏の華やかな色彩のなかを抜けて、彼らは小都市までドライブした。彼はこの小都市が好きだった。平たい二階建ての家々が並び、ルーフバルコニーの手すりが美しく飾られている。道路沿いのたくさんの電信柱とたくさんの電線、歩行者が通るたびに停車するゆっくりとした交通の流れ、通路の広いスーパーマーケット、三つの小さなホールのある映画館、何軒かのいいレストラン。数年前に女友だちが家を探して購入するのを手伝って以来、この地域は彼にとって故郷の一部のようなものになっていた。それは単に、ある土地のことをよく知っている状態が好きだから、という理由だったかもしれないが、彼は実際にこの土地と馴染みになっていた。ディナがまだ旅行できて、きょうだいたちが毎年クリスのところに集まるのではなく、順番に誰かの家に集まっていたときにも、この土地に集まることにはならないだろう、と彼にはわかっていた。集まってほしかった、という気持ちはあった。自分の世界になったこの場所できょうだいたちを出迎え、泊めたり案内したりできたら彼は嬉しかっただろう。

　彼らはスーパーマーケットの前の広い駐車場に車を停め、すべてはいつものように進んだ。買い物、支払い、荷物の積み込み、帰路、荷物の取り出しと片づけ。しかし彼はとても疲れてしまって、そのあとでベッドに入り、眠り込んだ。目を覚ますと、女友だちが隣で横になっていて、彼を見つめていた。

「自分がどうなったのか、わからないよ。ドライブだけで疲れてしまうなんて、おかしいよね」

「ドライブのせいじゃないでしょ。クリスとディナが死んだせいよ」

　彼はそれについて考えてみた。作業をすると疲れる。しかし、死者を悼む作業を彼はしていなかった。どういうふうにしたらいいか、わからなかったからだ。死者を思い出す作業もしていなかった。思い出は探し求めたり、それを使って作業したりするものではなく、浮かび上がってくるものだと思っていたからだ。自分はもう、あの二人に二度と会えないだろう。ディナの安楽椅子の横に跪《ひざまず》いて挨拶することもなければ、クリスと一緒に一枚の絵の前に立つこともないし、二人と一緒にテーブルに着くこともない——そんな思いが頭をよぎった。そして、何か別のこと、執筆や庭仕事、ドイツに戻ったら自分を待っている任務のことなどを考えると、すぐに「もう二度と」という思いが冷たい息吹のように彼に触れるのだった。

「死は冷たいし、心が凍えると疲れてしまうんだ」彼は女友だちに擦り寄った。ちょうど目を見ることができるくらいの近さだった。「きみがここにいてくれてよかった。きみが温かいのもよかった」

彼女は彼に向かってほほえんだ。

「クリスがディナなしに生きていけなかったとは思わない。むしろ、彼女を一人で死なせることができなかったんだと思う」彼は女友だちに、クリスがどうやって死んだかを話した。「ディナはあまりに弱っていたから、一人で準備して実行するなんてできなかっただろう。クリスが必要だったんだ。そしてクリスは、彼女のためにすべてを準備して、一人きりで横たわらせることはできなかった。ディナは別のことを望んでいただろうか？　ぼくだったら、きみに一緒に死んでほしくはないな。でも、きみを一人で死なせることはできないと思う」彼はつっかえながら話し、一文一文を苦労しながら話した。話したくない気持ちもあったが、自分を駆りたてるものを知ってもらうために、話さずにはいられない気持ちもあった。

「もう少し眠りなさいよ」彼女は彼の体に腕を回して引き寄せ、揺すった。「もう少し眠りなさい」

3

翌日になって、思い出が浮かび上がってきた。すでに夜明け前に忍び寄ってきたが、過去の情景やストーリーとしてではなく、迷子になってしまったという驚愕の思いとしてだった。彼は、ある町を訪問し、ホテルから橋を通って巨大な建物に行く夢を見た。十九世紀の建物で、張り出し窓や塔があり、中央の円形ホールの上には高い丸天井があった。たくさんの門があり、路面電車がそこを走り抜け、人々が押し合いへし合いしている。すべてが見通しの悪い、混乱した雑踏のような状態だった。彼はホテルに戻りたいと思ったが、一つの門から外に出ても、通ってきた橋が見当たらず、陰鬱なビルの谷間があるだけだった。彼はぎょっとして引き返し、必死で別の門を探した。目が覚めるとすぐに、あれは夢だったとわかったが、迷子になった絶望感は心に残り、ずっとずっと昔のある日曜日のことを思い出した。

彼の兄はぜんそくのせいで三年間、スイスのダヴォスにいるおばのところで暮らしていたが、十一歳のときに戻ってきた。六歳だった彼は、兄と一緒に子どもの礼拝に行くことになった。教会への道すがら、二人は手をつないでいた。彼は大きな兄のそばにいるのが好きだった。兄がダヴォスに行くときには泣いてしまったし、兄がいなくて寂しかったので、戻ってきたときには嬉しかった。教会で彼は兄から引き離され、いわゆる「子羊たち」、子どもの礼拝に出るにはまだ小さすぎると見なされている幼児たちがいるチャペルに連れていかれた。すべてが恐ろしかった。兄との別離、最後になっても兄が見つからないのではないか、あるいは見つけてもらえないのではないかという不安。一人として知った顔のない幼児たちとの、気まずい同席。彼は幼稚園に行っておらず、まだ小学校にも上がっていなかったので、どう振る舞っていいのかわからなかった。途方に暮れていた。

それからどうなったっけ？　その時間が終わって兄と再会してホッとしたのか？　それとも途方に暮れた状態から立ち直れず、兄に手をつながれて泣きながら家に帰ったのか？　彼は、兄は、母に何を話しただろう？　いずれにしても、彼はもう二度と「子羊たち」のチャペルに行かずにすんだ。

彼には、兄と一緒に出かけたその他の状況も思い浮かんだ。もう手をつないでいたわけではなかったが、彼の身は兄に委ねられ、彼は兄を信頼していた。買い物、古新聞をキャリーワゴンに乗せて集積場に持っていく用事、動物園へのお出かけ、町の上方にある山での橇《そり》遊びやスキー。彼の誕生日に兄が森で、木の枝を使って建ててくれた小さな小屋のことも思いだした。一緒に所有し一緒に遊んだ、アメリカ先住民やカウボーイのフィギュアのこと。遊ぶときにはいつも、兄がフィギュアの半分を彼に割り当てたが、彼は常に自分の方が得をしているような気がしていたこと。兄が湿疹を患っていて、寝る前にいつも、洗ったガーゼの包帯を広げて腫れた手を包んでもらっていたこと。同じ部屋で隣り合ったベッドに横になりながら、互いに何度も「おやすみ」を言い合い、そうしながら眠ってしまったという、就寝そのものの思い出。

兄が少年時代の彼を最後に連れていってくれたのは、ある午後のことで、行き先は兄の友人の家族が所有している園亭だった。兄とその友人はどんな遊びをするつもりだったのだろうか？　なぜ兄は彼をそこに連れていったのだろう？　それとも、弟の世話をするように言われて、連れていかざるを得なかったのだろうか？　彼らは園亭の側面に大きなスズメバチの巣を発見し、それを壊した。最初はまだ遊びの感覚だったが、やがてそれは戦いになり、激しく、しつこいものになった。スズメバチとの戦い、そして、二人の大きい少年の競争。彼はその戦いから除外されていた。巣に向かって石を投げたり、板切れでスズメバチを叩くことはできて、最初はそうやって参加していたのだが。それから彼は離れたところに座り、少年たちを眺めていたが、三人のなかでたった一人、スズメバチに刺されたのだった。

それは、彼がギムナジウムに入学したころだった。小さい弟がまだ小学校に行っているあいだは、兄は遊んでくれた。しかし、弟が同じギムナジウムに行くようになると、距離をおいた。まもなく兄はダンス教室に行くようになり、ガールフレンドができ、パーティーに行き、別の世界に住むようになった。兄弟はあいかわらず寝室を共有していたが、兄は寝るときだけしか部屋に戻らないようにしていた。彼は家にいたし、チェロを演奏し、バッハの組曲を練習していた。まじめに、辛抱強く、徹底的に練習していたので、その曲を毎日聴かされていた弟にとっては、その曲は「クリスの組曲」として記憶に残ったのだった。

記憶は一種の流れであって、我々が思い出という小舟に乗り込むと、その小舟をどんどん押し進めていく。昔話が思い浮かぶと、情景がそこに加わってくる。古紙の集積場は町外れにあり、プレスされた紙の塊や、籠一杯の古布、錆びた金属の山や堆積された古タイヤがあった。暑い太陽の下の埃っぽい場所だったが、それはおそらく彼らが夏の日々だけそこに行っていたからだろう。崩れかけた木造のジャンプ台があった、山の広い斜面。スキーや橇遊びをするために町から来た人々は、緑の草地がむき出しになるまで、そこを走り回ったものだった。アメリカ先住民やカウボーイのフィギュアで遊ぶために、兄が蔦で覆われた木の切り株を使って彫った要塞。黄色いタイルのストーブと、洋服ダンス、左右に折りたたみベッドがあり、そのあいだにかろうじて置ける机のあった兄弟共同の部屋。こうした光景は、記憶のどこに眠っていたのだろう？　どうしてよりによってその光景が浮かんでくるのだろう？　兄と彼が一日か二日の自転車旅行をしたことは覚えているのに、どうしてその時期やルートや目的地は忘れてしまったのだろう？　なぜ、一つも情景が浮かばないのだろう？

　彼がまだ学校に通っており、兄はときおり大学から家に戻ってくるだけだった歳月については、たった一つだけ一緒に活動した思い出がある。十月のある日、町の上方の山にハイキングに行った。以前は山で栗の実を集めたことを思い出し、いくつかの木のそばで栗拾いをした。それから森の居酒屋に入り、ディナに葉書を書いた。クリスとディナは婚約しており、その後すぐに結婚した。彼は、結婚式のときの兄の様子や、子どもの洗礼のとき、家族の祝いの席での様子を思い出した。兄の家の近くで用事があるときは、いつも立ち寄ったものだった。

　十月のその日は靄《もや》が立ち込めていたことを、彼はまだ覚えている。森の居酒屋から平野を眺めても、ライン地方の化学工場の冷却塔しか見えなかった。眺めや色彩と同じく、この日の靄は音までもくぐもらせてしまった。山を登っていくとき、あたりは静かだった。森の居酒屋の庭に座っていたときも、あたりは静かだった。彼らは小さなテーブルに向かって小さな椅子に座っていたが、そのテーブルや椅子はペンキが剝げ落ちていた。少し寒かった。しかし、建物や木々、そして平野の上に横たわる靄は秘密めいていて、その一日に魔法をかけていた。クリスと彼はそれを存分に味わいたいと思った。きっと二人で話をしたと思うのだが、何を話したのか思い出せなかった。彼は靄のことを思い出したが、まるで兄がそのなかに消えていって自分を置き去りにするような気がした。そして、夢のことを考えた。

4

姪が電話してくれてから二、三日経ったとき、彼はドライブ中に、ラジオから流れてきたエルトン・ジョンの「ダニエル」という曲を聴いた。例の小都市で買い物をしたところだった。何か必要なものがあったからというよりは、家を出て移動したい、気分転換したい、という思いがあった。「ダニエル、マイ・ブラザー」……その曲は彼をあまりに感動させたので、道端に車を停めずにはいられなかった。

歌詞は半分くらいしかわからなかった。ダニエルはスペインに行く。あるいは死にそうになっている。もしくはすでに死んで空の星になっている——いずれにしてもダニエルは去っていった。そして弟は彼に会いたがっている。彼がいなくて、とても寂しいのだ。「オー、アイ・ミス・ヒム・ソー・マッチ」彼は手を振って別れを告げるダニエルを見ている。飛び立っていく飛行機、赤い信号灯、彼はそれを、ヴェールを通して見ている。涙のヴェール、もしくは夢のヴェール。確かなのは、彼が兄を恋しがっていることだけだ。「ダニエル、マイ・ブラザー……」

それで充分だった。それ以上理解する必要はなかった。彼には好きな詩がいくつかあったが、そういう詩のテクストも完全には理解できないものだった。しかしだからこそ、彼はそれらの詩が好きで、くりかえしそこに戻っていくのだった。彼はすぐに「ダニエル」をもう一度聴きたいと思ったが、次の曲が鳴り出す前にラジオを消すことができただけだった。座っていると、あの曲の響きが頭のなかで流れた。「ダニエル、マイ・ブラザー」「ロード、アイ・ミス・ダニエル」「ダニエル、ユー・アー・ア・スター・イン・ザ・フェイス・オブ・ザ・スカイ」泣くことを忘れたのでなければ、彼はここで泣いていただろう。彼はしばしば、泣けたらいいのに、と思っていた。悲しみの黒い湖が自分の胸のなかで涙の流れとなって溢れてくれればいいのに、と思っていた。

家に戻ってYouTubeでその曲を見つけると、彼は何度も聴いた。女友だちがそばに来るまで、そうしていた。彼女は彼の椅子の肘掛けに腰を下ろし、彼の肩に腕を回した。

「これは、ただの歌なんだけど。でもぼくの胸のなかに何かが湧き起こってくる。涙が出てくればいいなと思っているんだ」

女友だちは何も言わなかった。ただ、彼をもっと自分の方に引き寄せた。

「悲しい歌だというだけでもいいね。ぼくは昨日、バッハとモーツァルトの明るい曲で試してみたんだ。でもダメだった。悲しい音楽は悲しみをとどめてくれる」

女友だちはほほえみながら言った。「悲しい曲ならたっぷりあるわね」

歌詞がどれくらい理解できたか、彼は女友だちに話した。アメリカにはもう長く住んでいるのだが、ときおりアメリカ人である彼女に助けを求める必要があった。「全部を理解しなくてもいいけど。でも何か大事なものが抜けている？　ちょっと注意して聴いてもらえないかな」

もう何度この曲をくりかえして聴いたか、彼にはわからなかった。でも、それが最後になった。機械的に「再生」をクリックするのではなく意識してクリックし、女友だちが注意して聴いているあいだ、彼女を隣に感じ、頭をそちらに向けてその集中した顔を見ているうちに、彼の心は「ダニエル」から離れた。

「この歌詞は痛みと治らない傷のことを言ってると思う。それで全部よ」

「どんな傷？」

「別れの傷じゃないわね。兄弟のあいだの、何らかの古傷よ」

5

その後の数日間、彼は外で過ごすことが多かった。空は輝くような青で、黄色や緑の森では楓の紅葉が燃えるような色に染まり、家のそばでは秋のバラがオレンジやピンクの花を咲かせていた。彼はよく女友だちと並んで庭仕事をしたが、ときには一人でもやった。古いリンゴの木を囲む壁が崩れており、作り直す必要があった。

充分に働いたあとは、犬を連れて散歩に行った。近くには湖があり、そこを一周する小道があった。その道は、たくさんの木が倒れて大きな岩の塊が落ちている森を抜け、小川に沿って進み、大昔に無人となった水車小屋の台座のそばを通って、一九三〇年代に川をせき止めてこの湖を造ったダムを最後に越えていくのだった。彼はその小道を熟知しており、平らな場所も険しい場所も歩きにくい場所もわかっていたし、蓮に覆われた湖の眺めも知っていた。それでも一時間かけて湖を一周するのは退屈ではなかった。犬が小道の左右にいつも何か新しいものを嗅ぎつけては掘り出し、絶えず新たな喜びに駆られて駆け出しては戻ってくるからでもあった。

兄弟のあいだの、何らかの古傷——彼は外にいるときも、庭でも森でも湖畔でも、その言葉を思い出していた。認めたくはなかったし、認める必要が生じたときには抑圧してきた。兄はいつも、彼をちょっと侮辱せずにはいられなかった。ドイツとアメリカを往復する彼の生活について、そんな生き方が思い上がりででもあるかのようなコメントを加えたり、彼と女友だちの関係について皮肉を言ったり、彼の職業上の成功を矮小化したり、彼の著書のどうでもいいところをほめて重要なところを無視したりするのだった。いつもついでのようにそれを口にするので、弟の方は兄が理由もなく口走ったことを理解するまでにいつも一瞬の間を必要とし、理解したときには会話はもう先に進んでしまっていた。次の機会にはそれに反論しよう、あるいはチャンスを見て兄に対し、こうした侮辱が気になると話をしよう、と彼は決心していた。しかし、そのどちらも実行に移すことはなかった。彼が訪問すると、クリスとディナは親切に迎えて歓待してくれたし、彼とクリスは政治や社会や文学の話をして、意見もしばしば一致した。ついでのように侮辱されることも今回はないように見えた——しかし、やはりそれは起こるのだった。

なぜだろう？　二人の関係はどこで間違ったのだろう？　彼が何か間違えたのだろうか？　彼らは長年のあいだ、会うことが少なかったし、会うとしても家族の集まりのなかだけだった。それで彼はクリスに、一年に一度、一日だけ兄と弟として会う日を作ろう、と提案したのだった。一度だけそれは実現したが、その後クリスは、もし会いたいなら自分とディナの家に来ればいいじゃないか、と言った。母が死んできょうだいたちが一年に一度会うことを決めてからは、クリスはきょうだいとの会合のほかに弟との会合まで設ける必要があるとは思わないようだった。クリスには三人の子どもと六人の孫がおり、大家族のなかで生活していた。それで充分だったのだ。

しかし、弟との会合に興味がないというのと、弟を侮辱するというのは別の話だ。十一歳だった兄にとって、子どものないおばのところで一人っ子のような生活を何年もしたあと、またきょうだいたちのなかに戻り、弟がそこで確固たる地位を占めているというのは辛い経験だったのだろうか？　子どものときはぜんそくと湿疹に苦しみ、長じてからは自分の進むべき道を見つけるのに時間がかかった兄は、弟が苦労もなく生きているのを不当で狡いことのように感じたのだろうか？　自分よりも成功し有名になった弟の兄でいることは難しかったのだろうか？

兄が何を根に持っているのか、彼にはわからなかった。子どものときも、大人になってからも、兄の好意を得たいと思ってきた。彼は兄の書いたものを読み、評価し、ほめてきた。兄が美術館や教会を案内してくれるときには、それに対する喜びを表現した。兄が一生のあいだ幸せな結婚生活を送り、仲のよい大家族を作ったことへの感嘆の思いも口にした――彼自身は、そういうことができなかったのだ。

兄にとって癒えることのない痛み、傷とは何だったのだろう？　彼は自問し、その際に自分自身の痛みや傷を感じたが、それ以上に不思議に思っていた。もっと別の関係になれたかもしれない、もっと兄弟らしくいられたかもしれない――それがなぜ、こうなってしまったのだろう？　彼は悲しかった。報われなかったという悲しみ。存在していたけれど失われてしまったものに対する悲しみではなく、存在しなかったもの、もう体験できないものに対する悲しみだった。兄が自殺さえしなかったらよかったのに。

6

兄の埋葬を待ち望んでいたわけではない。死去から埋葬まで、ときには数週間かかることもあった——彼はそんな埋葬を経験したことがあった。数週間経ってからの埋葬には、死亡直後の埋葬にはない軽やかさと明るさがある。しかし、彼は突然落ち着かなくなった。埋葬が行われればこの落ち着きのなさは消えるだろう、と彼は思った。自分の思考——兄について、自分との関係について、考えさせられたこと、考えたこと——それ自体は不安定ではない、と彼は思っていた。ときおりクリスの子どもや孫たちのことを考えた。クリスとディナが彼らに執着しなかったこと、彼らのためにもっと長く生きようとしなかったことは、彼らを傷つけただろうか。しかしそれは、ちらっと頭をかすめた考えに過ぎなかった。彼の感情も不安定ではなかった。悲しみの気持ちは疲れて小さくなっていた。落ち着きのなさは体のなかにあって、夜中に彼を目覚めさせ、昼には仕事の最中に立ち上がらせ、他の部屋やガレージや庭に向かわせた。しかしそこに移動しても、自分が何をしたかったのか、もうわからなかった。

女友だちの横で庭仕事をしたり、犬を連れて湖の周りを歩いたりしても、具合はよくならなかった。彼はうわついた状態になり、壁の修理で手を怪我し、散歩の際に足を捻挫してしまった。女友だちは笑いながらも心配そうに、テラスのデッキチェアで横になっていらっしゃい、と彼に命じた。しかし彼は、そこに少し横になっただけでまた落ち着きがなくなり、捻挫した足を引きずりながら女友だちのところに行ったが、手を怪我しているので彼女を手伝うこともできなかった。

「一緒に埋葬に来る？」

彼女は壁に一つの石を嵌め込み、顔を上げず、答えもしなかった。彼は女友だちを眺めていた。その石は大きくて重そうだった。それが小さな隙間に嵌まるとは、彼には想像できなかった。しかし彼女は自分が選んだ石が隙間に合うことがわかっているかのように作業を続け、実際にその石は隙間にぴったり収まったのだった。彼女は立ち上がり、髪の束を顔から払った。「もしあなたが来てほしいと思っていて、わたしの都合がつくのであれば、喜んで。埋葬がいつか、わかってるの？」

「いや」彼がもっと話し続けるのを待つかのように、彼女は彼を見つめた。彼は肩をすくめた。

「ただ訊いてみたかっただけだよ」彼女がまた顔をそむけて壁の方に向いてしまうのは嫌だった。彼女は彼に向かい合って、ジーンズを穿きチェックのシャツを着た姿で立っていた。顔は熱を帯びて赤くなり、汗をかいていた。両腕は力強く、両足はしっかりと地面に立っている——彼女はこの世で頼りになるもの、痛みを和らげてくれるものの総体であるかのように見えた。

「埋葬が終わって、もっと落ち着けるといいんだが」

「執筆は助けにならないの？」

「ならない」彼女の言うとおり、いつもなら執筆が役に立つはずだった。普段なら、自分を苦しめるもの、不安にさせたり苦しませたりするものを、ちょうど書いたばかりのテクストに手を入れることで背後に押しやることができた。思考や物語や登場人物たちの世界に自分が逃げ込むことによって。彼が逃げ込む世界と彼が生きている世界が、互いに関わりを持たなかったわけではない。しかし、彼が逃げ込む世界は彼だけの世界だった。彼が生きている世界は、彼一人のものではあり得なかった。

執筆は逃避だということを、彼も自覚していた。そして彼は、逃避するからこそ人生を持ちこたえられるのだとわかっていた。兄の死のニュースが届いて以来、彼は一文も一語も書いていなかった。兄に別れを告げたいと思っているけれど告げられないから、そして、自分が書いた物語が別れというテーマを扱っているからだろうか？　自分が書いた別離は、彼自身の別離から逃避することができるような内容ではなかったからだろうか？「何なのか、わからない。でも不安になるんだ。執筆に逃げることができなかったら、これからどうなるんだろう？」

「いま書いている原稿は、放っておきなさいよ。何か違うことをすればいい。時間をかけて。デッキチェアに横になって本を読むとか、紅葉を眺めるとか、秋の太陽を見て目をパチパチさせるとか、眠るとか」彼女は彼を見つめた。それが心配してのことなのか、面白がっているのか、彼にはわからなかった。彼女は彼の手をとると、テラスに導き、デッキチェアに連れていった。彼は眠り込んだ。

7

女友だちは自分の仕事を放り出したり延期したりするわけにいかず、彼は一人で飛行機に乗った。必要以上に長く彼女と離れたくなかったので、葬儀の朝に到着する便にした。空港から町までの長い距離をタクシーに乗り、姪が墓地でのセレモニーの前に自宅で準備してくれた食事にぴったり間に合った。彼の姉たちはすでに到着していた。ディナの弟や、クリスとディナの子どもや孫たち、友人たちの多くも配偶者同伴で来ていた。家は人で一杯で、狭くてうるさかった。彼は客たちとの会話に巻き込まれていった。彼らはクリスの同僚だったり、教え子として博士論文や教授資格論文を指導してもらったり、一緒に旅をしたり友人だったりした人々だった。彼がクリスの弟であることに気づき、クリスがどんなに優しくて思いやりに満ち、温かい心の持ち主だったか、話してくれた。自分に向かってクリスのことを褒めちぎった最後の一人をその場に立たせたまま、義兄の車に乗り込んで墓地に向かうことになったとき、彼はホッとした。

墓地で、彼らは開いた墓穴の前に立った。両親は儀式やスピーチや音楽を望んでいませんでした、と姪は語った。骨壺が墓に入れられるだけでいい、そして墓の上に石は置かないでほしい、というのが両親の希望でした。しかし、骨壺が墓に入れられ、みなさんが思いに耽っているあいだに、母のピアノ演奏を流します。姪はそういって、機械のスイッチを入れた。

知らない音楽だった。軽くて、戯れるようで、どこか切なかった。シューマンの曲かもしれない。ディナは若いころ、ピアニストになりたかった。しかし、演奏の楽しさを職業やビジネスに変えたいと思わなくなり、自分とクリスのためだけにしか演奏しなくなった。彼自身はディナの演奏を聴いたことがなく、いま初めて耳にした。よい演奏だった。

彼はあたりを見回した。クリスとディナの子どもたちは隣り合って立っていたが、どの子も自分の考えに耽り、目は虚空を見つめていた。クリスの孫の男の子と女の子が互いに寄りかかりながら泣いていた。もう一人の男の孫は墓に向かい合った壁の上に座り、両手で頭を支えていた。墓地の端の方から大きなエンジン音が聞こえてきた。大人たちの多くは怒ったように顔をそちらに向けたが、他の人々は何も聞こえなかったかのようにずっと真面目な顔をし続け、自分の考えや悲しみに没頭していた。みすぼらしい黒いスーツを着た墓地の職員たちは、ワゴンに骨壺を載せて運んでいたが、待つことに慣れている様子が見てとれた。

最初の骨壺に次の骨壺が続くのは切ないことだったが、ロマンティックな春の詩のような、どこか明るい切なさだった。ほほえんで見守ることができるような場面で、ディナの弟とその妻は互いにほほえみながら手をつないでいた。美しい光景であり、他の人々も納得した様子で墓や骨壺を見ているのに彼は気づいた。自分のなかに怒りが込み上げてきて彼はぎょっとしたが、すぐに怒りを抑え、ぎょっとした自分を制御した。自分のなかに、どんな感情も入れないようにした。悲しみも、子どもや孫たちへの同情も、自分と共に墓地に立っている他の人への連帯感も。侮辱、拒絶、失望、あり得たかもしれないのに結局得られなかった兄弟同士の親近感、近しい関係のなかで花開いたかもしれないのに結局は花開かなかったことがら、あり得たかもしれないのに存在しなかったすべてのこと——それが彼をこの数日間、ときおり悲しい気持ちにさせていたが、いまでは怒りに変わった。怒り以外の何ものでもなかった。怒りが彼の頭と体を満たしたので、彼はそれを振り払おうとした。それは冷たい怒りだった。彼は冷たい気持ちで残りの音楽を聴き、骨壺が墓に収まる様子を見、墓に近寄ると一摑みの土を骨壺の上に投げた。

墓地の入口に戻る途中、誰とも話したくなかった。話したら、兄に対する怒りのことしか言えなかっただろう。入口に戻ると、彼は電話でタクシーを呼んだ。誰の車にも同乗したくなかった。最後の人々が互いに挨拶し、彼にも挨拶して去っていったとき、タクシーはまだ到着していなかった。

彼は一人で墓地の入口を形作る半円形のアーケードのなかに立ち、タクシーを待っていた。自分の怒りが消耗し、彼自身をも消耗させたのを感じた。彼は次第に周りのものをふたたび目に留め始めた。アーケードの美しさ、色とりどりの花、鳥の鳴き声。門番詰め所の三角屋根の上にツグミが止まり、さえずっていた。別のツグミがそれに応えた。彼は別のツグミを探し、墓地のチャペルの塔の上にいるのを見つけた。

そのときタクシーが到着し、彼は乗り込んだ。

8

彼は翌日、アメリカに戻ってきた。ドイツには兄の葬儀のためだけに帰ったのであり、それ以外の仕事については数週間先に予定していた。彼は女友だちに会いたかった。

飛行機が離陸したとたんに、彼は眠ってしまった。目が覚めたのは大西洋上だった。空は青く、太陽は輝き、日に照らされてキラキラしている海に、いくつかの雲が黒い影を落としていた。遠くの方に、アメリカからヨーロッパに向かっている飛行機が見えた。色とりどりのコンテナを積んだ船も見えた。

彼は映画も見たくなかったし、本も読みたくなかった。何も食べる気にならず、自分の隣が空席で誰も話しかけてこないのを嬉しく思った。埋葬のことが、奇妙に鮮やかに心に残っていた――夢を見たのだろうか？　他の参列客たちと一緒に立っていた道が目に浮かんだ。開かれた墓、その隣の土の小山、小さなシャベル、切ない音楽を流している装置、人々の顔。小柄で色黒で上品な老婦人の顔が思い浮かんだ。食事のときには来ていなくて、葬儀の際に初めて現れ、誰かを思い起こさせる風貌の女性だったが、それが誰なのか、彼にはわからなかった。

しかしいま、彼はあることを思いついた。その女性は兄の最初の恋人に似ていたのだ。本人だったのだろうか？　でも、どうやってクリスの死と埋葬のことを知ったのだろう？　クリスと彼女は三年間付き合っていた。彼に彼女が、あるいは彼女に彼が紹介された。ごらん、おちびさん、ぼくの恋人がどんなにすてきだか。そして彼は、兄がそんな恋人を持っていることに感嘆したのだった。彼女は見た目がよく、話もうまく、笑顔がすてきな上に、兄のことをすばらしく愛していた。ところがその後、二人の関係は急に終わってしまった。当時の彼には不可解なことだったし、後に自分が恋人を持つようになってからも、それは理解不能だった。事情が許せば、彼は別れた恋人たちとも連絡を取り合っていたし、彼女たちの人生に関わっていた。彼は人生のさまざまなフェーズを大切にし、常に機会を捉えては、その時期を一緒に過ごした人々に連絡を取っていた。こうしてドイツとアメリカを往還していることも、自分の人生の一部となったものを投げ出すことができないという彼の意志や性格に原因があるのだった。

クリスにとっては、急に関係が終わってしまったのは最初の恋人だけではなかった。大学で美術史を専攻する前に、クリスは法学を専攻していた。法律にも少しは興味があったはずだが、弟がそれを専攻して実習するようになると、クリスはもう法律のことは聞きたくも話したくもない様子だった。ずっと弾いていたチェロにも、ある日を境に触らなくなった。大学を退職するときには、次の職に就かずに完全に辞めてしまった。そして蔵書を一冊残らず売り払ってしまった。そして母との断絶——母の死後、きょうだいで集まることがあったが、クリスはそのとき、母が死んで嬉しいとまで言っていたのだ。母がその時代や世界、子どもや孫たちについての粗探しや嘆きをやめようとしなかったとき、クリスは心のなかで母との関係を断ち、自分がまだ保っていた母への礼儀をもはや保つ必要がなくなって喜んだのだった。

クリスはそんなふうだった——過ぎたものは過ぎたものであり、過ぎたものはバッサリと切ってしまうのだ。ディナと結婚し子どもたちができてからは、妹や弟との生活は終わってしまった。そこでもクリスは関係をバッサリと断ち切ろうとしたが、そのことは兄に執着していた弟にとっては、妹たちが感じた以上の打撃を与えた。だからこそあのような侮辱があったのだろうか？そうでもしないと弟にはわからないから？

飛行機が飛んでいる空が次第に夕暮れてきた。ときおり、彼がいるのとは反対側の窓から夕焼けが見えた。ニューヨークに着陸するころには夜になっているだろう。彼はこの状態が好きだった。大西洋上を飛んでいるとき、彼はどこにもいないのと同じだ。誰にも連絡できないし、誰からも連絡は来ない。ドイツで生活しているわけでもアメリカで生活しているわけでもない。ただ自分と向き合い、軽やかで自由。夜に着陸して、もう何もすることがなく、ただタクシーに乗り込んでニューヨークの住居に向かい、ベッドにもぐり込んで眠るときには、飛行中に感じていた軽やかさや自由を眠りのなかまで持ち込むことができるのだ。

今回の軽やかさと自由は、大西洋上の飛行から与えられただけではなかった。彼は手放したのだ。失望や拒絶や侮辱についての怒りを、手放していた。兄と一緒にすることを望んだのにできなかったことへの悲しみ、痛みも、彼は手放した。自分が発見し、いまでは前よりも遠いところに行ってしまった兄を、再び愛せるところまでほとんど戻っていた。

9

彼は女友だちに埋葬のことや自分の怒りのこと、そして帰りの飛行機で考えたことを話した。いまでは兄に別れを告げられそうだということ。何度も自分を圧倒した心の痛みがきっとまた襲いかかってくるだろうけど、もはや長くとどまることはないということ。

彼女は彼を見つめた。彼の言ったことを疑いつつも、その疑いを口にして彼を混乱させたくないと思っているような印象を、彼は受けた。「時間をかけなさいよ」と彼女は言った。「クリスとディナが死んでから、まだ三週間しか経ってない。別れはもっと時間がかかるものよ。わたしは母に、いまも別れを告げ続けている。いまも、というより、くりかえし新しく。いまだに、母がまだ生きているような気がして、でもそうじゃないんだと気づくの」

彼はまた、犬を連れて散歩に行った。最初は埋葬の前にも歩いた道を行った。しかし、そこで前と同じ考えが浮かんできたので、別の道を行くことにした。でもその道にも、クリスについての考えがまとわりついてきた。どうしてクリスは断絶を必要としたのだろう？　どうやって断ち切ったのか？　単純に、断絶とともに生きる人間と、存続のなかに生きる人間がいるということなのだろうか？　クリスの人生にも長続きしたことはあるし、クリスより安定している彼だって、断絶なしに生きてきたわけではなかった。しかし、違いはあった。その違いには深い理由があるのか、それともそれは髪の色のような違いなのか？　子どものとき、クリスは焦茶色の髪で、彼は明るいブロンドの髪をしていた。

彼はまた、同じ子ども部屋で寝ていたことや、代わりばんこに「おやすみ」を言う儀式を思い出した。その儀式を思いついたのは、クリスがダヴォスから帰ってきた直後ではなかった。当初はお互いに一度だけ「おやすみ」を言い、クリスはそのあと寝ながら何度も左右に寝返りを打っていた。交互に「おやすみ」を言う儀式は、クリスにとって最初は自分が打つ寝返りに合わせてのことであり、やがてそれが寝返りの延長になったのだろうか？　クリスには何か苦しいことがあって、左右に寝返りを打つことで自分を落ち着かせ、慰めていたのだろうか？

八歳にして親やきょうだいから離れてダヴォスで過ごすというのは、両親やクリス自身が考えていた以上の苦しみだったのだろうか？　そして、十一歳で愛情深いおばや思いやりのあるおじとの幸せな生活に別れを告げ、また家族のなかに戻ってくるのは、新たな苦しみだったろうか？　いずれにせよそれはクリスに要求された断絶であり、クリスは別れを告げなければならないものをきっぱりと置いてくることによってのみ、それを克服できたのかもしれない。そうやって断絶のなかで生きる術を学ぶことを、余儀なくされたのだ。

彼はそのことも、女友だちに話した。「あなた、ロープを緩めてるわね」と女友だちはほほえみながら言い、いい意味でも悪い意味でも自分たちにとって重要な人々は、港で船を係留するのに使う係柱のようなものだ、と言った。ロープはきつかったり緩かったりする状態で係柱の周りに巻かれ、いずれにせよ船を係留している。「でもロープがほどかれたら、船は自由になって、また沖に出て行くのよ」

10

沖へ出ること、港を離れること、でも同時に港と結ばれた状態でいること――またドイツに戻り、ある朝目覚めたときに、それが起こった。彼はベッドと向かい合った壁に掛けてある、エルンスト・シュテュッケルベルクという画家が描いた「少女とトカゲ」の複製を眺めていた。女の子の顔は無邪気だが女性らしく、夢見るような眼差しで、髪は巻き毛、トカゲは舌を出しており、両者のあいだには静寂が、その背後には海がある――これは、子ども時代から彼の身近にあった絵だった。ときには絵に注意を払わずにいることもあったが、この絵はくりかえし彼を喜ばせてくれたし、ずっと持ち続けていたい作品だった。

この複製画は、子ども時代にスイスの祖父母のもとで休暇を過ごした際、彼が眠っていたベッドの上の壁に掛かっていたのだった。彼はこの女の子を眺めながら眠りにつき、女の子を眺めながら目を覚ました。そして、自分が祖父母の保護の下で幸せだったように、この女の子のそばにいることも幸せだった。祖父母の死後、この絵は失われてしまった。彼はその絵がなくて寂しかったが、誰が描いたものかもわからなかった。しかしあるときバーゼルの美術館に行き、この絵のオリジナルを見たのだった。彼は美術館のアーカイブに絵の写真を注文し、それを自分の部屋に掛けたが、写真の色はすっかり褪せて変わってしまった。

ある日、彼はクリスにこの絵が好きなんだと話した。クリスはバーゼルの新聞に何度も広告を出してくれて、最初は同時代に作られた質の悪い複製画を見つけた。この絵は市民階級に人気があり、当時はしばしば模写されていたのだ。その後何年かしてクリスはさらに、祖父母のところに掛かっていたような複製画を見つけた。クリスは祖父母の家の複製画についていたのと同じような額をその絵につけて、彼にプレゼントしてくれた。

彼はそのことを忘れていた。クリスと自分とのあいだにあったことのうち、その絵を贈られたことは省略してしまっていた。その絵が彼の人生において、あまりにも当然の要素になってしまったからだろうか？　アメリカで悲しんでいたとき、この絵はドイツにあったからだろうか？この贈り物や、当時クリスがしてくれた骨折り、この絵のために払ってくれた注意、そういったものが失望や拒絶や侮辱とは合わなかったからだろうか？　ひょっとしたらそのせいかもしれない。彼はクリスのことをあまりにも単純に考えていた。断絶をくりかえすクリス、弟とのあいだに問題を抱えていたクリス、弟を愛していたクリス、その人生に弟が入る余地はなかったクリス、欠けていた場所に掛けるためにその絵を弟にプレゼントしてくれたクリス――そのすべてがクリスだった。

彼は、自分がそのことを忘れていたのを恥じた。そして喜んだ――絵のことを、プレゼントのことを、クリスのことを。もう一度、エルトン・ジョンの曲を聴いた。クリス、きみは空《ユー・アー・ア・スター》の顔に浮かぶ星だ《イン・ザ・フェイス・オブ・ザ・スカイ》。

老いたるがゆえのシミ

Altersflecken

1

年を取ったって何の不安もないんだということを示したくて、彼は七十歳の誕生日にパーティーを主催した。公園の端にあって町を見下ろすことのできるレストランを見つけた。招待するつもりの七十人の客が入るだけの大きさがあり、誕生日の次の土曜日にまだ予約可能だった。レストランにはテラスがあるので、客にはまずそこで食前酒を飲んでもらい、屋内の二つの部屋で食事をしてもらうことになるだろう。彼は二つの部屋のあいだの通路に立って、スピーチをすることができる。四品の料理が出るコースを頼み、白ワインと赤ワインを注文し、食前酒としてはシャンパンとカンパリとグレープフルーツジュースをそれぞれ同じ量だけ頼んだ。招待状を印刷してもらい、宛名に加えて個人的なメッセージを少しばかり書き込み、発送した。座席を決め、卓上の座席カードを書いた。

そうしたすべてを、彼は一人でこなした。ずっと前に離婚していたし、近年付き合っていた恋人は若い医師だったが、病院を退職して「国境なき医師団」とともにコンゴに行ってしまった。彼女が旅立ったからといって、関係が終わったわけではない。彼が彼女をコンゴに訪ねる計画も立てていたし、彼女が戻ってきてからのことも考えていた。しかし、彼自身は自分を、彼女が働いていた病院のようだと感じていた。病院は外も内部もみすぼらしい一九五〇年代の建物で、彼女にとっては狭く味気ないものになってしまったのだ。彼女は行ってしまい、彼は一人ぼっちだった。一人でもパーティーを主催できることを、彼は自分に証明したかった。

そのパーティーは、六月の晴れた暖かい夕刻に開かれた。彼は午後遅い太陽の光に照らされながらテラスに立ち、食前酒を一杯また一杯と飲んではゲストを待ち、少し神経質になっていた。昔の学校友だちは定刻前に到着した。彼らは遠方から来て、ホテルで退屈していたのだ。彼らの眼差しも声も、年を取ることについてのジョークも、どんなに馴染み深く感じられたことだろう。ジョークは学校時代の教師や女の子についてのジョークとは違っていたが、同じような方言のアクセントを含んだ無邪気なものだった。それから、いろんな客がごちゃごちゃと入り混じってやってきた。大学の友人たちは白髪だったり禿げていたりしたが、大声でぶっきらぼうだったり、落ち着いていたりするところは当時と同じだった。学校や官庁で一緒だった同僚たちには、ぜひ配偶者を連れて来てくださいと招待状に書いておいた。彼はたくさんの顔を出迎えたが、そのなかにはしばしば、これまで会ったことのない再婚相手たちもいた。彼の授業を受け、とりわけ彼のお気に入りだった元学生たちは、抱擁やキスで彼に挨拶した。政界や教会の知人たちとは握手で挨拶した。隣人たちや、列車での旅、事故、スキーのリフトを待っている際などに出会って親しくなった友人たちは、他に知り合いがいないので彼のそばにとどまり、そのせいで互いに言葉を交わすようになった。彼がもう何年も所属しているコーラスのメンバーたちは集まってひそひそ話をしていた。彼らが贈りものとしてセレナーデを歌う予定であることを、彼は知っていた。

招待した人々はほとんど全員集まっていた。

ナーバスな気持ちは消えた。あたりは騒がしく、客たちは互いに自己紹介したり、相手をそれと認めたりして、活発に話をしていた。客たちがそれぞれの交友範囲を超えて、互いに一緒になってくれているのが彼は嬉しかった。彼はレストランに入り、テーブルからテーブルへと歩き、キッチンに入り、コックや店員たちにうなずきかけた。すべての準備が整っていた。窓から外を見ると、赤い太陽が沈んでいき、人々の顔を赤く照らしていた。スピーチのためのメモは上着の内ポケットにあった。長いスピーチになるだろう。しかし、キッチンの人々にはそのことは伝えてあるし、客たちも喜んで聴くはずだ。彼は一人一人を歓迎し、どうしてその人が自分の人生において重要になったかを話すつもりだった。

2

パーティーのせいだったのだろうか？　古い友人と再会したせいか、過去についてスピーチをしたせいか？　パーティーは陽気に終了し、その後感謝の手紙を送ってきた客たちは、彼のスピーチやさまざまな会話が呼び起こした思い出について嬉しそうに書いていた。それなのにどうしてそんなことが起こったのか、彼にはわからなかった。

誕生日の直後に、彼の過去が現在を圧倒し始めた。長いあいだ忘れていたできごとが、まるで昨日のことのように鮮やかに記憶のなかに甦ってきた。両親やきょうだいとの食卓、近所の子どもたちと遊んだこと、祖父母の家に行く列車の旅、長いことほしいと思っていてついに与えられた小さな黒猫、最初のコンサート、最初のオペラ——当初、彼は子ども時代の思い出が甦ってきたことを嬉しく思った。そうなるだろうということも、あらかじめわかっていた。祖父母や両親にも、そんなことがあったからだ。しかし、子ども時代の美しい思い出のあとに、悲しい思い出も浮かんできた。さらに、気まずい思い出、彼が子どものころ他の人に与えた失望や侮辱や傷心の思い出、恥をかいて笑いものになった場面などが甦ってきた。それによって、これまで記憶のなかに埋まっていた人生の流れが剝き出しになったかのように、その後の人生で彼が利己的だったり無慈悲だったり恥をかいたりした思い出もつながっていった。ときには眠りのなかまでそんな思い出が追いかけてきて、夢のなかでひどく恥じ入り、震え上がって目を覚ますこともあった。思い出が甦る頻度が多くなければ、なんとかやっていけただろう。しかし、思い出は毎日、ほとんど毎時間、押し寄せてきた。

彼は第一次世界大戦についての本を読んだ。そして、学校の歴史の授業で第一次世界大戦の勃発について学んでいたとき、ぼうっとしているのを教師に見とがめられた際に、「こんな話、もう全部知っています」と答えたことを思い出した。実際に知識はあったのだが、教師から、それなら教壇に立って授業の続きをやってごらん、と言われたときには何も話せず、みんなの笑いものになった。彼は散歩の途中に二人の大きな男の子が小さな子をいじめているのを見て歩み寄ったが、その子たち三人から笑われたり罵られたりされた。そして、自分自身が小学二年生のときに、二人の五年生からいじめられたのを助けてもらったのに、自分の弱さを見せたくないと思って、助けてくれた人をいじめっ子たちと一緒になって侮辱したことを思い出した。彼は、オペラ座に行って休憩時間にシャンパンのグラスを手に知り合いの人たちに話しかけようとしたときに、彼よりも裕福で上流だという意識を持っているその人々から拒まれる経験をした。すると、学校に行っていたころ、ジーンズを穿いてタバコを吸ったり、女の子と付き合って一目置かれたりしていた生徒たちの仲間になりたいと願うあまり、古い友だちを拒んだ自分のことが心に浮かんできた。若いころ、職場でアウトサイダーになりたくないと思い、オピニオンリーダーに近づこうとしたこともあった。しかし、彼自身はその出自からいっても政治的見解からいってもアウトサイダーにほかならなかった。オピニオンリーダーたちのことを、彼は心からいいとは思えなかったし、リーダーたちも彼を評価していなかった。たくさんの気まずいできごとについては、はっきりした印象はなく、ただ気まずさだけが残っていた。自分が昇進後のパーティーでどんな失敗をしたのかもう思い出せなかったが、客たちが奇妙な目でこちらを見つめ、惨めな気分になったことだけは覚えていた。

そんなふうに思い出に圧倒されてしまうことを旧友の精神科医で神経学者の男に打ち明けたところ、老人性の鬱だと診断された。「抗鬱剤を処方しようか?」彼は首を横に振った。抗鬱剤だって? 黒っぽいレンズのサングラスの代わりに、明るいレンズのサングラスをかけろというのか?

3

一番悲しくて気まずい思い出は、女性に関するものだった。まずは母親のことだ。彼女は彼に、無限の期待を抱いていた。彼が学校でもオーケストラのクラブでもスポーツでもトップの一人になること。家やキッチンや庭で、進んで彼女の手伝いをすること。彼女に対して隠しごとをしないこと。夫との喧嘩のあと、彼女が泣きながら彼のところに来たら、抱きしめたり撫でたり慰めたりしてくれること。あの当時もすでに、そんな要求は彼にとって大変すぎた。しかし当時、そんな自分の気持ちに気づくたびに、良心の呵責《かしゃく》を覚えた。母親が彼を育ててくれたのだし、彼女の期待は筋が通っていて道徳にもかなうことだった。母親を失望させることは筋が通らず、不道徳なうえに無情なことだった。今日思い返してみると、もう良心の呵責はない。しかし、当時の母親の要求に腹を立てたいと思っても、今日でも腹は立たず、むしろ悲しい気持ちになるのだった。

母親と同じく、人生で出会った女性たちを失望させることも、やはり許されないことだった。本来は応えたくない期待にまで応えざるを得ず、最初の期待に次々と別の期待が続いた。もうそれ以上できなくなって身を引くまで、期待は終わらなかった。あるいはその関係が破綻するまで。自分が女性たちと共に過ごした夜のことが思い浮かんだ。女性たちがそれを望み、失望させるわけにいかないので応じたのだが、セックスすることが彼にはできなかった。

最も気まずい思い出は、最初の研修を受け持ってくれた女性指導者との関係だった。彼より二十歳年上の果敢な女性だったが、困ったような、ぼんやりとしたほほえみを浮かべることがあり、まるでキスで目覚めさせてほしがっているかのようだった。彼はそこに、失望させてはいけない期待があるように思った。彼のキスに彼女は激しく応じたが、その態度は彼をぎょっとさせ、彼女を避けるようになった。最初は静かに、やがてはあからさまに。長いこと、彼女は気づかなかった。気づきたくなかったのだろう。気づいたときには、彼女は彼を、研修指導者としての自分を操りたかったのだろう、と言って非難した。たとえ自分自身を傷つけることになっても、彼にこの報いを受けさせずにはいない、と彼女は主張した。彼はなんとかそれをやめさせることができたが、それには屈辱と侮辱が伴った。ありがたいことに彼女はその後まもなく転勤になり、彼の世界から消えていった。

妻と知り合ったときには、仕事やキャリアのことで彼女がいつも励まし、日常の問題を簡単に解決できる彼の能力に感心してみせてくれた。彼女が鬱の状態にあるときに彼がそれを受けとめ、献身的に尽くしてくれるので、彼女は喜んでいた。その態度のなかに母親と同じ期待を感じ取ったとき、彼は妻とそれについて話したいと思ったが、できなかった。今回もまた期待に応えることしかできなかったが、次第にそれが苦しくなり、子どもが生まれてからはさらに辛く、大きな負担になってしまった。彼はまた引きこもった。結婚の思い出は、気まずいものではなかった。しかし、彼は恥じ入っていた。自分が母の息子であり続けたために、夫としてだけでなく、子どもたちの父親としても役に立たなかったことを。

4

彼はよく徒歩で移動していた。歩いているときには思い出が湧き起こらず平穏な気持ちでいられた、というわけではない。しかし、思い出が彼に及ぼす影響は小さくなった。家にいると、思い出に雁字搦《がんじがら》めになってしまうのだ。

自然豊かな場所を散歩しようと思ったら、町外れまで車で行く必要があった。それは面倒だったので、彼は街の通りをしばしば夜になるまで歩き回った。力強く歩き、自分の歩幅と足音が気に入っていた。動いていると両足も心地よくなった。

彼は歩くために歩いているだけで、道路や街や人々を観察する気持ちはなかった。しかし、ときには自分が夜遅く、家からかなり遠い場所を歩いているのに気づき、帰りたくない気持ちになった。そんなときは居酒屋に入り、ビールとタクシーを注文した。最初のころはその二つを同時に頼んでいたが、後にはタクシーを呼ぶまでに時間をかけるようになった。テーブルやカウンターに向かって座る人々や、ビリヤード台やダーツの前にいる人々を、彼は眺めていた。自分と同年配の男たちはゲームはせず、テレビも見ず、ひたすら酒を飲んでいた。人生において言うべきことがもはや何もないのを埋め合わせるかのように、彼らは大声でしゃべっていた。彼がここでは初顔だったので、ときには誰かが話しかけてきた。あるいは彼を二度と来させまいとして、話しかけたのかもしれない。彼はたいてい誰にも気にされずにカウンターに立ち、ビールを数杯飲んで、ゲームの様子を見たり、人々の会話に耳を傾けたりしていた。男たちは年齢のことや健康のこと、妻や子ども、孫たちのこと、テレビや政治のこと、そして何もかも昔と変わってしまったことについて、話していた。過去の思い出が自分を圧倒しているのは、ここの男たちが過去に囚われていることの一変種に過ぎないのか？　と、彼は自問した。

数週間後、彼はくりかえし同じ道を歩くようになった。運河への道を歩き、それからまず運河に沿って上品な地区を、それから川べりのあまり品のよくない地区を歩き、橋を越えて駅まで行くのだ。午後遅い時間に出発し、四時間か五時間歩き、駅のそばの同じ居酒屋で数杯のビールを飲み、真夜中の少し前にまた家に帰る。七月には雨がたくさん降った。彼は道路の円頭石が濡れて街灯の光がそれに反射し、破片のように輝いているのが好きだった。濡れたタイヤがアスファルトの上で立てる摩擦音、人間をみんな同じように見せる傘やレインコート。雨の日には行き交う車が少なくなり、運河沿いの道には本当に誰もいなくなるのも好きだった。その道は彼一人のものだった。やがて橋の上に出てまた交通が密になり、地下鉄の音がうるさくなって地面が揺れ、居酒屋に入るときには人々のガヤガヤ言う声が彼にぶつかってくるのだった。

それから八月になって雨がやみ、昼間は暑く、夜も生暖かくなったとき、運河べりの道の下に、柳の木とベンチのある小さな緑地と歩道を見つけた。彼はベンチに腰を下ろした。生暖かい空気が彼を優しく包んだ。過去を折り紙の船のように運河に浮かべて流してしまえるのではないか、と彼は考えた。冷たい風が水面から上がってきて、生暖かい空気を追いやってしまうまで、彼はそうしていた。

5

あるとき若い女性が通りかかったので、彼は立ち上がってあとをつけた。しかし、数歩歩いたところで我に返って立ち止まった。すでに一度、よく考えもせずに女性のあとをつけたことがあって、そのときも立ち止まったのだ。あのときと同じまっすぐに背を伸ばした細身の体、足を前に出すたびにかすかにためらう仕草を見せるにもかかわらず、あのときと同じ速い足取り、同じ力強い踵、同じヘアスタイルの茶色い髪。あのときもいまも、ほんの一瞬だけほほえみが見えた。少し嘲笑するようなほほえみ？　そのほほえみは誰かに向けられたものではなく、その若い女性はただ自分一人でほほえんでいた。自分一人で歩いているのと同じように。近寄りがたかった。

いや、もちろんそれは同じ女性ではなかった。あのときの女性は彼と同年代で、もし生きていたとしても彼と同じくらい年を取っているはずだった。彼はその女性と故郷の町の小さな大学で学び始めたときに少し知り合いになり、大都市の大学に移ったときに再会したのだ。あの当時も夏で、彼は図書館と学生食堂のあいだの草地に座って本を読んでいた。目を上げると彼女が道を通り過ぎるのが見え、彼は立ち上がってあとをつけた。しかし、自分には彼女に話しかける勇気はないだろうと思い、数歩歩いたところで立ち止まった。あとを見送っていると、彼女は学生食堂に入っていった。彼はまた腰を下ろしたが、食堂の入口から目を離すことができず、彼女がまた出てきて別の方向に行くのを見ていた。

数年後、彼は自分の故郷に戻ってきて結婚し、隣の町で教師になったが、当初は非常勤教師のポストだったので時間に余裕があり、その町の大学で一学期間、フランスにおけるゴシックの始まりについてのゼミを履修した。最初の授業には遅刻したので、教授が腹立たしげな反応を示さなかったことにホッとし、頭を低くしながら、空いていた最後の席に急いで座った。目を上げると、彼女が向かいの席に座っていた。彼女が無視したいと思えば無視できるくらい控えめにうなずいてみせると、彼女もうなずき返した。何かほほえましいことがあれば、彼らは互いにほほえみあった。ゼミのあと、彼らはごく自然に一緒に廊下を歩き、階段を下りて、晴れた午後の日差しのなかに出ていき、向かいのカフェで屋外に置かれたテーブルに向かって腰を下ろした。彼女は奨学金をもらいながらラングルの大聖堂について博士論文を書いており、自分を育ててくれた祖母の家にときどき帰省していた。どこだったっけ？　彼は町の名前を思い出そうと努めたが、思い出せなかった。

彼女の明るい声の響きが耳のなかに甦り、彼女のほほえみが眼前に浮かんできた。そのほほえみは嘲笑的というよりは、何かを疑っているような、もの問いたげな感じだった。近寄りがたい感じではなかったが、彼女は慎重で、それどころか少し不安げだった。彼女は自分の人生で何事かを成し遂げようと決心していた。彼女が愚かな発言をするのを聞いたことはない。冗談を言うのは好きだったし、ふざけたり、笑ったりした——その笑い声も、また耳に甦ってきた。まるで小さなリンゴが籠からテーブルの上に転がり出るような笑い声だった。

彼は自分の生活について、停滞中ではあったが何とか完成させたいと思っている博士論文について、学校について、授業の内容や形態についての自分の関心や、学校改革についてのアイデアを話し、自分が既婚者であることも話した。

彼女は車で自宅まで送ってもらうことに同意した。駐車場に行く途中で彼らはキスをした。彼の目にはあの場所が浮かんできた。建物の角をちょうど曲がったところで彼らは立ち止まり、抱き合ったのだ。どちらかが主導的な役割を果たしたわけではなかった。自然な流れでそうなったのだ。車で移動中、彼らは話をしなかった。彼女は手で、いつ右もしくは左に曲がるべきかを指示した。そして、一九二〇年代に開発された住宅地のある建物——彼女はその建物の屋根裏部屋に住んでいた——の前に車を停めたときも、彼らは黙って車中に座り続け、手を握り合っていた。それから彼女は彼の名前を口にし、彼の手から自分の手を抜くと、車を降りた。

6

屋根裏部屋の住居！　小さな玄関の間、小さなキッチン、小さなバスルームと、タンスにテーブル、ベッドのある一部屋。斜めになった壁と斜めの窓、彼女はその窓を通して、ベッドから空を見ていた。あのことも自然な流れで起こった。彼女が彼をベッドに誘ったわけではないし、彼が彼女のベッドに押しかけたわけでもない。二人はまったく困惑することもなく、さっさと服を脱ぎ、ベッドに入り、愛し合ったのだった。

ベッドで互いに話をしただろうか？　話をしなかったとは考えられないのだが、彼女の子ども時代や学校時代、最初の恋や最初のボーイフレンドについての記憶はなかった——ベッドを共にすると、そういったことを互いに尋ねあったりするものなのだが。それとも彼女は、彼の質問に答えなかったのだろうか？　ずっとそのことを考えていると、まるで彼女の姿が少しぼんやりしてくるような気がした。目に見える彼女の生活に関してだけでなく、彼女の交友関係、関心事、彼女が抱いていた期待や、ラングルの大聖堂についての研究のことまでも。自分たちは読んだ本や観た映画のことも話し合っただろうか？　一緒にイベントや映画館、劇場やコンサートに行ったことはあったのだろうか？　彼女が観て話してくれたある映画のことを、彼は思い出した。その映画ではチャールズ・ブロンソンが一人のサムライを手助けし、アメリカ西部で一本の刀を取りかえそうとする（テレンス・ヤング監督、一九七一年日本公開の映画「レッド・サン」のこと）。その刀は日本の天皇がアメリカ大統領に贈ろうとしたもので、ギャングたちに盗まれてしまったのだ。

あの暑い夏のこと、停滞した埃っぽい空気のこと、川原の草地での散歩のこと、暑熱で灰色になった木々や茂みの葉のこと、よく食事に行ったイタリアンレストランのこと、そして、よりによって彼女の部屋に泊まれることになった夜に、自分が病気になり、高熱で震えていたこと。彼女が愛情を込めて世話をしてくれたこと。秋には短い会話があった。彼は彼女に、妻が妊娠したからもうきみには会えない、と伝えた。彼女は首を横に振った。「あなたは？　決めるのはあなたじゃなくて、他の人たちなのね」

彼はもう彼女のところには行かず、彼女も連絡してこなかった。彼女と一緒にいるのが楽だったように、彼女は別れも楽にしてくれた。だが本当に楽だったのだろうか？　それは彼には想像も夢想もできないような軽やかさだった。それは彼の日常や職業、結婚生活といった外部の世界からだけではなく、子ども時代から彼の頭に根付いていた期待や要求や義務からも離れた軽やかな世界だった。自分の人生において、その後は二度とあのころのように軽やかで自由に感じたことはなかった。彼女が彼から何も期待せず、決まった日時に再会することや、彼女のもとに留まることや、離婚して彼女と結婚することなどを何も求めなかったから、というだけではない。彼女との出会い、共にいて触れ合ったり抱き合ったりするときは、まるで重力がなくなったかのようだった。散歩から彼女の屋根裏部屋に戻って愛し合おうとするとき、彼らはたくさんの階段の上に浮かんでいるかのようだった。

あれは純粋な幸福だった。彼は当時、身重の妻とまだ生まれていない子どもへの義務感から、そのことを否定していた。いま、思い出のなかで彼はようやく、あの当時の自分は浮気を終わらせたのではなく、幸福を壊してしまったのだ、と認めた。

7

彼にとっては純粋な幸福だったが――彼女にとっては？　彼は、彼女の期待や失望に気がつかなかっただけではないか？　一度自分のレールから外れて、良心の咎めも思いやりも感じずに、楽しむことを自分に許しただけではないか？　他者の期待に応えなければいけないという強迫観念は、根本において無私の精神などではなく、エゴイズムに基づいていることを彼は自覚していた――エゴイズムによって、彼は自分の正しさを証明してきた。彼はあの当時、日常と職業と結婚生活の外では何も証明する必要がなく、エゴイズムによってまるでトラクターのように彼女の気持ちを踏みにじってしまったのだろうか？

五、六年経ったころ、彼はもう一度彼女に会った。彼はちょうど離婚したところで、彼女も短い結婚生活に終止符を打っていた。彼らは偶然出会い、あらためて会う約束をした。会って話しているとき、彼女の方は控えめではあったが彼に対して好意的な関心を示してくれた。しかし彼の方は離婚のあと、間違った図々しさを身につけていた。この図々しさによって自分は頭のなかの期待や要求や義務からも解放された、と彼は思っていた。そして、相手に対するリスペクトや遠慮のないまま好奇心を剝き出しにし、無作法に荒っぽくセックスや愛、結婚について語った。彼女が当時どんな状況だったか、彼は思い出せなかった。一度聞いて忘れてしまったのではなく、自分は当時からすでに彼女の状況を真面目に知ろうとしていなかったのだ、と彼は確信した。一緒に過ごした夏の思い出が空白だらけなのも、自分のことにかまけて彼女とちゃんと向き合っていなかったからだろうか?

彼は自分に何度も、あれはもうずっと前のことで、当時のことは何も変えられないんだ、と言い聞かせた。それでも、あのときのことは彼の心を離れなかった――自分の手元に残った思い出と、失われた思い出。最後に会ったときの自分の振る舞いのまずさ。彼のものでもあり彼女のものでもあった、壊された幸福。彼女と過ごしたあの夏が本当はどうだったのか――彼女にとって、そして彼にとって――わからない不安。

ときおり、雨のなかでベンチに座った。雨は暖かく、彼は頭を後ろに反らして顔や頬や首を滴《しずく》が流れ落ちるままにした。もう泣き方を忘れていたが、泣きたいと思い、雨粒と一緒に涙も顔を流れているのだと空想した。あの若い女性にもう一度会いたかった。彼女がここを通りかかって、若いころの夏の思い出を呼び覚ましてくれたというだけでも、この場所は彼にとって好ましいものとなった。どうしてあのころの幸福な思い出をこんなに長く封印していたのだろう? 当時の自分がとった行動が、望ましくないものだったから? 世界が整然と整理されずに、幸福と苦痛、正しさと間違いがごっちゃになるのに耐えられなかったから? そうした思いも、彼を離れなかった。

アデーレ・クーブリック――それが彼女の旧名だった。離婚後、彼女は結婚していたときの姓をそのまま使い続けた。彼はその姓が旧姓よりも上品に響いたことしか思い出せなかった。ハルデンベルクとか、ファルケンハーゲンとかメリングホフといったような名前だ。しかし、探偵に彼女の痕跡を捜してもらうならば、旧姓でも充分だろう。それとも、自分で調べられるだろうか? 住民登録課から住民登録課へと、跡をたどろうか? 情報を得るためには納得のいく理由を示さなければいけないのではないか？　かつての恋人に会いたいというのは、納得のいく理由だろうか？

彼はアデーレの痕跡を追う旅を想像して楽しむようになったが、そのときに大学の一学期目に知り合った男のことを思い出した。その男はアデーレを知っており、彼女と同じ専攻に進んだ。彼が彼女と最後に会ったとき、その男とアデーレはまだ連絡を取り合っていた。彼は故郷の電話帳にその男の電話番号を見つけ、電話してみた。そして、年金生活者の生活や健康や家族のことについて、よくある会話をその男と交わした。それからアデーレのことを尋ねてみたが、彼女が学問への信頼を失い、二冊目の著書の執筆を中断して、心理療法士として彼の町に引っ越してきていることを知った。

「彼女とはもう長いこと連絡をとっていないんだ。でも、彼女が引っ越したり死んだりしたのでなければ、電話帳に載っているはずだよ。アデーレ・カンプハウゼンという名前だ」

彼はアデーレの電話番号だけではなく、住所も見つけた。そしてインターネットで彼女の住んでいる通りと家を見てみた。裕福な市民が住む地区の、裕福そうな建物だった。彼はただドアのインターホンを鳴らすか、受話器を手にするか、手紙を書くだけでいい。それはとても簡単なことだった。

8

ところがそれは、簡単どころではなかった。いきなりドアの前に立つのは襲撃も同然だし、突然電話で話しかけるのも、いい案とはいえなかった。手紙を書くのは襲撃ではないだろうが、もし彼女がその手紙に応えてくれなかったら、次の歩みに移ることは厚かましく無礼なことであり、やってはいけないだろう。手紙を書くと、それ以後のすべてを彼女の手に委ねることになる。彼はそれを望んでいなかった。

彼は彼女が住む通りに車を走らせ、家の向かいにカフェでもあれば、そこから建物の入口を見張って彼女が出入りするのを見ることができるのではないか、と期待した。そもそも彼女を見て、本人だとわかるだろうか？　しかし、そこにはカフェもなければ、コーヒースタンドと立食用テーブルを備えたパン屋もなく、ソーセージやミートローフのイートインコーナーを備えた肉屋もなかった。木の陰に立って様子を窺うか――いや、木の陰に立つのはやめよう。車を道の反対側の少し離れたところに停め、彼女を待ち、再会を期待しよう。

ついに彼はそれを実行した。朝の七時過ぎ、彼女が住む建物の入口を視野に入れ、自分の脇には大きなサイズのカップに入ったコーヒーと水を一本置いて、車のなかに座っていた。建物からは女性や男性や子どもたちが出勤や通学のために出てきては、自転車や車に乗り込んだり、足取りも速くバス停や地下鉄の駅の方向に歩いていったりした。どの人も若かった。何人かは通りすがりに彼の方をじろじろ見ていったので、恐れる理由はないとわかっていても、彼は神経質になった。

二時間後、年配の人々が路上に出てくるようになった。とりわけ買い物袋やショッピングカートを持った女性たちが。彼女が住む建物からは、杖を突いてショルダーバッグを提げた男性と、孫と祖父母と思われる、小さな男の子を連れたカップル、それからキャスター付きの小さなスーツケースを引いた女性が出てきた。この女性がアデーレだろうか？　こんなに腰を曲げ、こんなに重い動きで、ゆっくり歩いている人が？　彼は信じたくなくて、さらに待ち続けた。すると実際にドアがまた開いて、年配の女性が路上に出てきたが、その人は背筋をピンと伸ばし、確かな足取りで歩いていた。足を前に出す際のためらうような仕草だけがなくなっていた――アデーレではないからだろうか、それともその動きが目立つほど速くは歩いていなかったからだろうか？　足首は昔のままだったし、白髪のヘアスタイルやほっそりした体型も彼女らしかった。ただ腰回りは重たげになり、両腕も太くなっていた。彼女は半袖の、膝丈の紺色のワンピースを着ていた。

　顔を見分けるのに、彼は苦労した。彼女の写真は持っていなかったし、顔に関する記憶力はよくなかった。彼ははっきりしたイメージよりもむしろ一つの理念《イデー》を抱いていて、それは色白で内気で注意深い顔、というものだった。一番先に思い浮かぶのは、彼女の疑うような、もの問いたげなほほえみと、リンゴを転がしたような笑い声だった。笑うとき、彼女の両目は細くなり、口は大きく開いた。しかし、それ以外の特徴は？

　彼女は道路を渡り、彼の車のそばを通り過ぎた。笑ってもほほえんでもおらず、額や頬に皺があり、細い口をした年配女性の顔が、若かったあの女性の思い出を引き出すことはなかった――しかしひょっとしたら、簡単に結論を出しすぎているのかもしれない。彼は振り返り、彼女が角を曲がるまで、その姿を見送った。彼は間をおき、首を横に振ると家に戻った。

　しかしその翌朝、七時過ぎではなく九時過ぎに、彼はまた車に座って、彼女が住む建物の入口を見ていた。例の女性が出てくるまで、長く待つ必要はなかった。きょうはジーンズに白いTシャツ姿だった。彼女は道路を渡り、彼の車のそばを通り過ぎた。彼は振り返って、彼女が曲がり角に向かっていくのを見ていた。顔は、昨日よりも見知ったものに思えた――そこに若いころの面影を見出したのだろうか？　それとも、単に昨日も見た顔だからだろうか？
彼は両手をハンドルに置き、道路に目を向けて、何をすべきかわからずにいた。するとノックの音がしたので、彼は目を上げた。彼女が助手席の窓に屈み込んでいた。彼は体をドアの方に傾け、ロックを外してドアを開けた。彼女が入ってきて、助手席に腰を下ろした。

9

彼女は座ったまま、何も言わなかった。彼は香水の香りを嗅ぎ、彼女の体の暖かさを感じた。それから彼女が尋ねた。「いつからこんなことをしてるの？」

「昨日からだよ」彼は肩をすくめた。「昨日はきみかどうか、確信が持てなかった。さっきもよくわからなかった。でも声を聞くと、すぐにきみだとわかる」彼は彼女の方に顔を向け、じっと見つめた。

彼に顔を向けて見つめることができるまで、彼女の方は少し時間を要した。

彼はほほえんだ。「いまは、きみの顔もよくわかる。ぼくは顔の記憶が弱いんだ。きみのほほえんだ顔と、笑った顔しか浮かんでこなかった。きみは昨日もさっきも、ほほえんだり笑ったりはしてなかったからね」

「わたしに何の用なの？」

「一緒に過ごした夏をきみがどういうふうに記憶しているか、知りたいんだ。ぼくはきみに対して利己的で思いやりのない人間だったけれど、それだけではなかったのかどうか。でも、もしそれだけでしかなかったとしたら、ぼくを赦してほしい。ぼくと同じくらい、きみも幸せだったのだろうか。赦されるようなことではないかもしれないけれど、幸せを壊したことを赦してほしい。数年後の再会について、きみが寛容でいてくれるといいんだが。きみに苦しみばかり与えてしまったけれど、大きな傷ではなかったことを願っている」彼は深く息を吸い込んだ。「いまになって、きみと一緒にいたときの自分がどんなに幸福だったか、気づいたんだ。なぜ当時は気づけなかったんだろう？　そうなったらぼくの人生の箍《たが》が外れてしまうからだろうか？　自分の人生をコントロールするために、ぼくは自分にまだ何を隠していたのだろう？　何週間も前から、すべてが甦ってくるんだ。ぼくがした卑怯なこと、気まずいこと、あらゆる失敗が。ぼくは街を歩き回っている。そうすれば、家にいるときほど思い出が心を苦しめないから。でも、やっぱり胸が痛むんだ。運河が川に注ぎ込む場所のすぐ手前に、ぼくが好んで座る場所がある。そしたらそこに、きみのことを思い出させる若い女性が通りかかった。きみに何の用があるか、と訊かれたね？　たぶん、あまりにもたくさんの用があるんだ。だけど、それが正確に何なのかはわからないんだよ」

彼には彼女を見つめる勇気がなかった。あまりにも長くしゃべり、あまりにも多くを求めて、彼女を驚愕させてしまったことはわかっていた。あるいは彼女は、この襲撃じみた出会いについて、怒っているかもしれない。そして、彼が自分の問題を口実にこうやって彼女に近づいたことも——これ以上に利己的で思いやりのないことがあるだろうか？「申し訳ない」

「さっきもう、謝ったんじゃないの」

「いや、いきなりきみのところに来て、自分の用件できみを煩わせていることについてだよ。七十歳の誕生日の直後からこうなったんだ。精神科医の友人は、ぼくが老人性の鬱だと言うんだ。パーティーは……」彼は自分が、またしてもたくさんしゃべろうとしていることに気づいた。

「パーティーがどうしたの？」

「最初からやり直していいかな？」いま、彼は彼女を見つめていた。「ぼくと話すことは、嫌じゃないかな？」彼女はほほえんでるのか？「きみは元気なのかどうか、話してくれる？どんな暮らしをしているのか？」

彼女は笑った。小さなリンゴが転がるように。「ありがとう、わたしは元気よ。まだときどき昔の診療所で働いているの。同居家族と仲良く暮らしていて、女友だちもいて、旅行が好きで、ヨガをしている。あなたは？」

「ぼくはヨガはやらない。でもフィットネスには行く。旅行は遠くに行くより近くに行く方が好きだな。友人はいるけど、一人で暮らしている。昔勤めた学校で、哲学の研究チームに入っている」

「それは楽しそうね」彼女はそれ以上話さなかった。だが、まだそれだけでは言葉が終わらないような雰囲気だったので、彼は待っていた。「あなたはわたしがセックスした最初の人だったの。わたし、奥手だったのね。でも初恋みたいにそれを経験した。そして、初恋には未来はないものなのよ。でも、初めての男は思い出のなかで特別の位置を占める——初めての女の場合も同じでしょうね」彼女は彼の手をとった。「ええ、わたしはあなたといて、とても幸せだった。何も根に持ったりしていない」彼女は考えこんだ。「それ以外のことでは、あなたのお役には立てないわね。何て言ったかしら？　卑怯なこと、気まずいこと、過ち？」彼女は自分の手を彼の手の横に置き、二つの手を眺めた。「老いたるがゆえのシミね」

記念日

Jahrestag

1

　寒くて湿った日が続いたあとに太陽が出て、暖かくなった。レストラン前の広場では、それまでテーブルと椅子を繋いでいたチェーンをウェイターがほどき、テーブルと椅子をきれいに拭いた。小さな広場だった。道路がカーブするところで、通常なら車が駐車するスペースの周りに歩道が拡張されたのだ。その道路は一方ではメインストリートに通じており、もう一方では草や砂利や穴ぼこや水たまりのある休閑地につながっていた。午後六時ごろに別荘から小さな町へ、ぶらぶら歩きやショッピング、食事や映画や劇場に行くために出てきた人々は、ここに車を停めるのだった。そうなると道路や歩道は活気づいた。

　午後五時には、そこはまだ静かだった。レストランは夕刻に向けて準備をし、すでに開店はしていたが、客はまだ来ていなかった。「無人地帯だな」静かな時間帯のことをその男はそう表現し、連れの女性に向かって、この時間帯はバーが開いたばかりの最初の一時間を思い出させる、と言った。バーのなかではまだ空気が清潔で、テーブルはどこも空いており、バーテンダーはグラスを磨き、夜はまだ期待に満ちている。最初のこの時間が好きなんだ、と彼は語った。まるでその時間をレイモンド・チャンドラーの小説で知っただけではなく、自分でもしばしば体験したことがあるかのように。

彼らはまだ日が当たっているテーブルの一つについていた。建物の影が伸びていた。まもなく太陽は家々の背後に姿を消すだろう。「シャンパン飲む?」と彼は尋ねた。彼女はうなずき、ウェイターがやってきたとき、彼はシャンパンをボトルで頼んだ。

二人は見た目のよいカップルだった。若い女性の方は色白の顔に明るいブロンドの髪で、青いワンピースを着ていた。年配の男の方は豊かな白髪で、灰色の柔らかい生地のスーツを着て、白いシャツのボタンを外していた。年齢の差を見ると――いや、彼らは上司とその助手のようには見えなかったし、教授と学生、医者と看護師でもなかった。彼女は三十三歳の成功したジャーナリストで、彼は七十一歳の成功した歴史書の作家だった。第一次世界大戦の始まりについて彼が書いたベストセラー本について、一年前に彼女がインタビューをし、インタビューのあとで彼から夕食への招待を受け、夕食のあとでさらにベンジャミン・ブリテンの「戦争レクイエム」を一緒に聴かないか、という招待も受けたのだった。二人はその曲を、感動しつつも奇妙な気持ちで聴き、終了後は心をかき乱されるというよりは、刺激された状態になっていた。このレクイエムは誰に向けたものなのか? これは愛国者ブリテンの、犠牲になった多数の男性たちへのレクイエムなのか? ホモセクシャルのブリテンが、死んだ男性たちの墓に向けて書いたレクイエムか? 彼らは閉店時間まで、ドイツ・オペラ座の横のレストランで話し続けていた。タクシーが彼女の家の前で停まったとき、彼女は自分のところでグラッパとエスプレッソを飲みましょう、と誘い、彼はそこに一泊したのだった。

翌朝、二人は早い時間に家を出なければならなかった。彼女はある裁判を傍聴しにデュッセルドルフまで行き、彼は講演のためにウィーンまで行った。二人はいつもあちこちに移動し、たくさんの仕事を抱え、しばしば夜遅くまで働いていた。二人がベルリンにいるときには、どんなに遅い時間でも夜を一緒に過ごした。ときには彼の家、ときには彼女の家で。

これは二人の最初の休暇だった。ボストンの東の山岳地帯に別荘を六週間借り、それぞれ仕事を持ってきていた。彼女は自分が書いたイラン発のルポルタージュを一冊の本にしようとしていたし、彼の方は第一次世界大戦の終結についての本を書き進めようとしていた。しかし、仕事をするのは午前のみ、もしくは午後のみで、それ以外の時間帯は泳ぎに行ったりハイキングをしたり、博物館に行ったりコンサートや芝居に行ったりしていた。その地方では大きなオーケストラが秋と冬のプログラムのために練習し、コンサートを行っていた。劇場はシェイクスピア劇や現代劇を上演していた。彼らが借りた別荘にはテラスがあって、下方に広がる草地、その向こうの森、その背後の山々を見渡すことができた。夕方には赤い空の下に沈みゆく太陽が見えた。テラスの一部には差し掛け屋根が付いており、その下にソファがあった。彼らはそこに好んで座っては、暗くなるまで互いに『戦争と平和』を朗読し合った。それから立ち上がり、家に入って料理を作るのだ。

なんとすばらしい人生の贈りものだろう、と彼はくりかえし考えた。彼女は美しく、ぼくたちはあらゆることについて話ができる。いろいろなことについての見方が一致しているので、調和がとれた関係が保てるし、見解が分かれることもあるので、マンネリにならず緊張感もある。そしてぼくが彼女と一緒にベッドで体験していることは、他のどんな女性とも体験できなかった。

妹に彼女を紹介すると、妹は言った。「兄さんがこんなに嬉しそうなのを初めて見た。なんて幸運なの！　彼女は若いけれど、兄さんを上回るために年を取る必要もない。若いうちからすべてをわきまえている女性がいるものだけれど――彼女はその一人ね」彼女のどこがぼくを上回っているんだ、と彼は訊きたかったけれど、やめておいた。

2

彼らはそれぞれ自分の仕事部屋で仕事をした。それから彼は自分が読んでいた本を持って彼女の部屋に行き、その部屋で、書き物机の背後にある窓辺のソファに座った。書き物机は高さが調節でき、彼女は立ったり座ったりしながら仕事をしていた。彼女が立っているとき、彼は本を開かずに彼女のブロンドの結い髪や剝き出しの首、その体を見ていた。いや、彼女の体はゆったりしたTシャツとジーンズに隠されていて見えなかったが、彼はその体を知っていたのだ。それを知っているのは、見ているのと同じくらいすてきなことだった。

彼女は彼の視線を感じて振り返った。「町に行く時間？」

「うん、あの小さな広場に座ってシャンパンでも飲もうよ。今日は、きみが初めてぼくを家に入れてくれてから一周年だよ」

彼女は時計を見て額に皺を寄せると、ほほえんだ。「そんなことに気がつく男性は、あなたが初めてよ」

「あの翌朝、ぼくは自分のスマホに、この日のことを思い出させるように、と吹き込んでおいたんだよ」

「あの翌朝ですって？」彼女は首を横に振った。

「きみを所有しようとしたわけではないよ。ぼくは……あの晩と夜は、ぼくにとっては特別だったんだ」

　彼女は彼をじっと見つめた。非難しているのか、容認しているのか、試そうとしているのか、彼には判断できなかった。たった一晩過ごしただけで、彼女は彼の人生の重要人物になった――束縛されたように感じているのだろうか？　それとも喜んでいるのだろうか？　それとも、喜ぶべきか束縛されたように感じるべきか、迷っているのだろうか？　彼女は彼の方に歩いてきて、彼の膝の上に座り、両腕を彼の首に回して、自分の頭を彼の頭にもたせかけた。彼女は何も言わなかった。彼は彼女を抱きしめながら、自分は考えすぎだ、人生は本当は単純なのだ、と思った。愛と同じように――ぼくたちが本当に愛し合うなら、何も間違ったことはしていないのだ。

　愛せ、そして汝の望むことをせよ――彼はアウグスティヌスの言葉を思い浮かべた。彼の脳裏には絶えず歴史的なことが浮かんでくる。言葉や人物、できごと。たいていは自分が毎日執筆で関わっている近代のことがらだったが、ときには以前関心を抱いていた古代のことも浮かんだ。自分はあまりにも過去に生きているのだろうか？　現在との関わりが少なすぎるのだろうか？でも彼女は、彼が語る歴史エピソードが好きだった。ときには、散歩の途中や公園のベンチに座っているとき、あるいは何かを待っているときに、「お話をしてくれない？」と頼むことだってあった。そしてそれは、過去のエピソード、ということなのだ。彼女は彼に、どうやって娘が父と、孫娘が祖父と愛し合ったかを尋ねたが、それは彼にとって不気味なことではなかった。だが彼自身は、男の子が母親に擦り寄るように彼女に擦り寄っていないか？ これもアウグスティヌスが言ったことに含まれていないだろうか？ 愛し合うなかで、誰もが父親や息子、娘や母親の役を演じるのではないか？ いや、アウグスティヌスがそんなことを言うはずはない。彼は神への愛について考えていたのだ。それとも、アウグスティヌスは自分の言っている意味がわからなかったのだろうか？

彼の考えはあちこちをさまよった。しばしば自分の言っている意味がわからなかったニーチェのことを考えた。モーツァルトの音楽の深さを考えると同時に、子どものようにふざけたり道化を演じたりするヴォルフガング・アマデウス・モーツァルトのことを思った。そして、法律を制定する者よりも法律自体の方が賢いことを。ぼくたちがやることは、ぼくたちのことでありながらそうではないんだ。

彼女はまっすぐに座り直した。「何を考えているの？」

彼は頭を上げて、彼女を見つめた。「愛してるよ」

彼女は笑い、彼にキスして立ち上がった。

3

シャンパンが目の前に置かれると、彼は「ぼくの人生で、これほどいい一年はなかった」と言って、グラスを持ち上げた。

「まるで飛ぶように過ぎていったわね」彼女は乾杯の文句を考えていた。それを思いつくと、彼とグラスを合わせた。「鳥のように軽い歳月に乾杯」

彼らは飲み、グラスを置いた。「鳥のように軽い……」そのイメージは彼をぎょっとさせた。歳月がそんなふうにどんどん過ぎてしまうとしたら、何が残り、何に意味があるのだろう？「ごめんなさいね」彼女はハンドバッグから携帯電話を取り出した。「ドイツにかけなくちゃいけないの。ほとんど遅すぎる時間なんだけど」彼女は電話で長い会話をしていた。ときおりシャンパンを一口飲むと、ほほえみながら彼を見つめた。彼がこの会話を悪くとらないようにするためではない。彼女には、彼がそれを悪くとらないことがわかっていた。彼女はただ、彼のそばにいるのが嬉しかったのだ。

それから彼は彼女にシャンパンを注ぎ、彼女は電話をバッグにしまうと肩をすくめた。一人の同僚が彼女に電話するよう求めて、自分がやっているルポルタージュの仕事を引き継いでほしいと懇願し、しつこく迫っていたのだ。「学校に通っていたころにも、よく似た友だちがいた。一緒に発表しようとか、あるいは彼女一人で本を紹介しようとしたり、遠足の企画を引き受けたりしたんだけれど、最後の瞬間になると仕上げられなくて、いつもわたしの助けが必要になるの。一度手伝うと、次もその次も手伝わされることになるのよね。わたしはあの同僚が好きだし、わたしの本は彼のルポルタージュほど差し迫っていない。でも、本がルポルタージュより差し迫るなんてことは普通ないわね」

「その学校友だちとはまだ付き合いがあるの？」

「同級生たちとの連絡は途絶えてしまったんだけど、何人かはフェイスブックで再会した」彼女は彼に、当時の同級生たちがどんな様子で、いまではどうなっているか、女子校ではどんな毎日だったか、さらにダンスの授業のことや最初に知り合った男の子たちのこと、最初のパーティーや最初のキスの話をした。彼女が自分のことを話してくれるのが、彼は好きだった。子ども時代、少女時代、娘時代の彼女を知れば知るほど、それだけ彼女が自分のものになるのだった。一方そこには常に、嫉妬のトゲがあった。彼女は彼なしでこんなにたくさんの人生を送ってきたのだし、いまでも彼なしで生きていけるのだ。しかし、二人は好んで「もしあのころ出会っていたらどうだったろう?」というゲームをしていた。彼女が五年生のときに、まだ職のない研究者だった彼が家庭教師としてやってきたら? 交換留学でニューヨークに行っていた彼女が、コロンビア大学のリサーチフェローだった彼に出会ったら? 高校卒業試験を終えた彼女が、ローマのドイツ歴史研究所で奨学金をもらっていた彼と出会ったら? 彼女が同級生たちと卒業試験のお祝いでローマに旅行したとき、彼はまさにその町にいたのだった。互いに知らなかった年月についてもそうやって共通の生活を空想することができたし、どっちみち彼女が彼なしでも生きていけること、彼も同様であることは明らかだった。愛しているときは、幸せでいるために相手が必要なのであって、生き延びるためではないのだ。もっとも、彼自身は彼女のいない人生など、もはや想像できなくなっていた。

彼女は自分が創設した学校新聞のことや、自分がイニシアチブをとった連載記事のことを話した。テーマは「大きな感情」で、愛から憎しみ、欲望から羨望、嫉妬から同情にいたるまでさまざまな感情が採りあげられていた。その連載は成功を収めた。誰もが何らかの大きな感情について書きたがったし、誰もが大きな感情について読みたがった。

「きみは何について書いたの?」

「わたし?」彼女は赤面した。「野心について。名誉が問題なのではなくて、自分で設定した目標に到達するのが重要だ、ということ。それから、他の人を羨んだり他の人から奪ったりするわけではないから、貪欲とも違う、ということ。むしろ、自分を惑わせないことが重要なの。そして、わたしたち女性は、男性たちに野心を委ねてはいけない、ということ」

4

太陽は建物の背後に沈み、広場は影に包まれた。しかし、空気はあいかわらず生暖かかった。他の客たちもやってきて、席に着き、飲みものを注文した。入れ替わり立ち替わり、映画館へと通じるアーケードのそばに自動車が駐車しては、最初の上映に行く客を降ろしていた。人々は挨拶を交わしていた。知り合いだったから、あるいは穏やかな夜が、湿った寒い日々のあとで人々を陽気な気分にしていたから。道路や広場の上に、ほほえみが漂っていた。

例のカップルは静かに座っていた。彼は片方の腕と手を、彼女の椅子の肘掛けに置いていた。手のひらは上に向けて、握ったり圧迫したりすることなく、そこに彼女の手が乗るようにしていた。束縛されている、と彼女に感じてほしくなかった。彼女は彼の肩に頭を寄せた。

アーケードの入口に三人の人が二つの小さなスツールを置いた。若い女がボンゴという楽器を持ってその一つに座り、ギターを持った若い男がもう一つに座った。その横で、一人の若者が壁にもたれていた。その若者は口笛で、カリブやキューバやクレオールのメロディーを吹いていた。澄んだ音がしっかりとあたりに響いたので、まるで尖らせた口ではなく、フルートから流れる音楽のようだった。それからギターがメロディーを引き継ぎ、それがメランコリックになったところで、ボンゴが割って入ってメロディーを生き生きとリズミカルにし、情熱的にした。しかしメロディーはあくまで軽く、一羽の鳥のように道路や広場の上に浮かんだ。何の邪魔もせず、それぞれが自分の思考や感情に耽るに任せ、重たいものを少しだけ軽くし、平凡なものにかすかな詩の息吹を与えた。

男は女の体のなかにリズムを感じた。彼女は足を組み、爪先をぶらぶらさせていた。それから彼女は彼の肩から頭を離し、彼を見つめた。「一緒に踊ってくれる?」

「ぼくが?」彼は残念そうに、断りつつ謝罪するように、両腕を上げた。「ぼくは踊れないんだ」

「可愛い人」彼女は彼にキスすると、勢いよく立ち上がり、軽やかな足取りで道路を渡って音楽家たちの方に向かった。まだ壁にもたれていた若者は、彼女が来るのを見て、何を求めているかを理解した。若者は彼女に三歩歩み寄ると、腰に腕を回し、一緒に踊った。

数小節のあいだ音楽は前より静かになった。踊っている二人は相手を試していた。若者の方は彼女の体がどんなふうに停まったり回ったりするか、どんなふうに離れたり接近したりして、拒否したり求めたり捕まえたりさせるかを見ていた。彼はどんなに確信を持って彼女をリードし、彼女の求めをはっきりと理解していたことだろう。彼は彼女が求めるものを与え、あるいは別のもの、もっと美しいものを与えて驚かせていた。そこでギターとボンゴがふたたび活発になり、二人はもっと速く踊っては向きを変えたり旋回したり、離れたり近づいたりしていた。通行人が立ち止まっていたが、二人は自分たちの踊りが観客に見られているという栄誉を楽しむこともなく、ただ自分たちだけのために、時間も場所も観客も忘れ、我を忘れて踊り続けた。

男はそれを、じっと眺めていた。ダンスは彼を悲しい気分にさせた。二人はいちゃついているわけではないし、嫉妬する理由はなかった。それに彼は、嫉妬はしていなかった。二人のダンスのエロスは、彼の嫉妬を超えたところにあり、「彼女が相手に与えているものを、ぼくにくれればいいのに」とか、「自分が彼の立場だったらいいのに」というような思いを超えていた。それは若さゆえのエロスで、すべてを約束し、あらゆる期待を許すものだった。新しい女性に会うたびにそれが愛の女神となり、新しい男性に会うたびにそれが愛の神となること、そして、人生が新たな展開を迎えるたびに、希望が実現することを期待させるのだ。

彼は若返りたいわけではなかった。どんなに這い上がろうと努力してもくりかえし下に落とされ、どんなに甘い体験を期待してもくりかえし苦い失望を味わわされる——それも若さだった。それが過ぎ去ったのは、いいことだった。しかし二人のダンスにある若さは、彼が卒業した世界ではなく、彼には手の届かない、忘我の境地に至る魔法の世界だった。その世界に押し入ろうとしたことは、彼にとっては不法行為のように思えた。彼の年齢と彼女の若さ——高齢者が若者を手に入れたら、それを毒することしかできないだろう。年配者である自分が若い彼女を本当に手に入れてしまわないように、願わなくてはいけないのだった。自分は彼女に、何を与えられるだろうか？　人生がどっちみち、年齢と共に与えるであろうもの以外に？　彼は彼女に何も与えられず、ただ奪うことしかできなかった。彼は滞在を終えて、彼女の人生から消えなくてはいけないのだ。

5

しかし彼は、自分がそうしないだろうと自覚していた。彼は許される限り、彼女の人生のなかに留まり続けるだろう。二人の関係はこのままずっと……いや、これまでと同じようには続かないだろう。彼は、自分が理解したことを忘れないだろうから。不法行為？　愛せ、そして汝の望むことをせよ。彼らの愛には一つの影が落ちた、しかしただそれだけだ。

そのとき音楽が鳴り止み、人々が拍手をした。踊っていた若者はお辞儀のまねごとをし、また音楽家たちのところに行った。女は軽く膝を曲げて挨拶し、またテーブルに戻ると男の膝に座った。彼女の体はほてっており、彼女は下唇を突き出して髪を顔から吹き払いながら、男に向かって笑いかけた。「あなた、ダンスを習ったことないの？　一緒にダンススクールに行きましょうよ！　もし日程が合わないなら、プライベートレッスンを受けたっていい。お願い！」

彼はレッスンの様子を思い浮かべた。彼女の器用さと、彼の無様さ。彼は努力するだろうが、いま彼女がリードしてもらったような、そして彼からも期待しているような動きはけっしてできないだろう。彼女はがっかりするだろうが、自分の失望を表に出さないようにするだろう。このことだけではない。年齢とともに、彼は彼女をもっともっと失望させるだろうし、彼女がそれを表に出さないことを期待するほかないだろう。一つの影が落ちただけだって？

「レッスンは受けるし、きみが行きたいと思うところにはどこでも行くよ。ベルリンのジャーナリストのダンスパーティーにも、ウィーンのオペラ座の舞踏会にも、ミラノやパリ、ディスコにもね」

彼は何も気づかれたくなかったが、彼女は彼が喉を詰まらせ、目を潤ませているのに気づいた。そして、彼の顔を両手で挟んだ。「どうしたの?」

彼は彼女を抱きしめた。「何でもない。ただ……きみが踊った様子、きみの姿……ぼくには自分の幸運が信じられないくらいなんだ」

訳者あとがき

『別れの色彩』（原題　Abschiedsfarben）は、二〇二〇年に出版されたベルンハルト・シュリンクの短篇集である。シュリンクは一九八〇年代に友人との共著で探偵物のミステリーを出して作家デビューしたが、一九九五年に出版されて世界的ベストセラーになった『朗読者』以来、有名作家と法律家という二枚の看板を掲げて走り続けてきた。ベルリンとニューヨークに自宅を持ち、七十代に入ってからも大学での集中講義をこなし、執筆意欲も衰えていない。新作はほぼ必ずといっていいほどベストセラーリスト入りしているが、そのことからも、いまなお読者に待ち望まれる作家であることがわかる。長篇小説ではしばしば歴史的なテーマが扱われるが、短篇ではより個人的な人生の一コマが切り取られ、長篇とは違った余韻を残すことが多い。短篇集としてはこれまでに『逃げてゆく愛』（二〇〇〇年）と『夏の嘘』（二〇一〇年）が出ており、原書のこの出版年からは十年おきに短篇集を出していることがわかる。短篇集一冊ごとにシュリンクの十年が濃縮されて詰まっている——そんな言い方ができるのかもしれない。

表題に「別れ」とあり、「色彩」は複数形である。タイトルからも予想できるように、この短篇集ではさまざまな別れが描かれている。死別とは限らない。離婚による別れもあれば、長いあいだ離れていて再会する物語もある。「別れ」よりはむしろ「老い」がテーマになっていると感じさせるものもある。出版直後、「ブンテ」という女性雑誌のインタビューでシュリンクは、「別れ」について次のように語っていた。

「別れはたいてい辛いもので、わたしたちを悲しい気持ちにさせます。人生のどの段階にも別れがあります。まず祖父母と別れなければならず、それから両親。人生の半ばにはひょっとしたら離婚があるし、それから最後に人生を共にした仲間たちが死んでいきます。わたしはきょうだいや友人たちを亡くすような年齢になっています。メランコリックな気分で生きているわけではありませんが、喪失はわたしを悲しい気持ちにします」

『別れの色彩』では主人公が女性になっている短篇も一つあるが、他は男性の視点から描かれている。友人や家族、隣人の死。そのことがきっかけで、過去の記憶が甦ってくる。あるいは再会をきっかけに、記憶が甦る。もしくは、記憶が甦ってきたために、相手と再会せずにはいられなくなる。前向きに乗り越えていく感じの話もあれば、これからどうなるんだろうとモヤモヤさせる話もある。ただ、すべてに共通するのは、主人公や視点人物の年齢がシュリンク自身の年齢に近いということだ(「愛娘」のように壮年期から話が始まっているものや、「島で過ごした夏」のように少年期の回想が大部分を占めるものもあるが、結末においては主人公たちもそれぞれ年を取っている)。彼らはすでに引退していたり、あるいは引退を前に仕事を少なくしたりしている。さまざまな経験をして、人生を振り返る年齢になっているが、過去のできごとに囚われて、あれこれ考えずにはいられなくなる。「赦し」という言葉がたびたび使われる。老年に至っても（いや、老年に達したからこそ）、自分の若いころの行いについて後悔の思いが増し、ひどいことをしてしまった相手に赦しを求めたくなるのかもしれない。あるいは、当時相手が本当はどう考えていたか、知りたくなる。若い盛りには自分のことで精一杯で、ついぞ生まれてこなかった感情だ。老境におけるこうした心理が、登場人物たちを突き動かしていく。これは、非常に興味深い現象だ。ついキリスト教の「懺悔」と結びつけたくなってしまうが、自分がしたことと折り合いをつけたい、という気持ちが強く働いている。世の中には「嫌なことは全部封印して忘れる」というタイプの人もいるに違いないが、シュリンクの主人公たちはおしなべて過去と向き合い、整理しようとする人たちなのだ。彼を世界的に有名にした『朗読者』の主人公ミヒャエルが、すでにそのような人だった、と思う。初めて性愛を体験したときの相手であるハンナのことがずっと忘れられず、彼女の過去を知ってからはさらに関わりを断てなくなった。とはいえ、葛藤に満ちた、消極的な関わり方ではあったのだが、ハンナへの思いは彼女の死後も続いていく……。

今回翻訳していて目についたのが、こうした「老い」と「赦し」の問題、そこから転じて「若さ」のまぶしさ、あるいは「若さ」に対するコンプレックスのようなものだ。「記念日」という短篇では若い恋人を得た作家が、自らの幸福を嚙みしめつつ、恋人の若さの発露に動揺する。「アンナとのピクニック」には、隣人の娘に授業の補習をしてやり、オペラやコンサートに連れていくことで幸福を感じる男が出てくる。「老いたるがゆえのシミ」では、七十歳になっても社交的で自立した生活を送ろうとする男が登場するが、彼の恋人は若い女性医師である（もしくは、あった）ことがさりげなく書かれている。「ペンダント」では夫がホームステイ中の若い娘と恋仲になってしまう。「人工知能」では引退した男が友人の娘に難詰され、窮地に立たされる。「愛娘」のバスティアンは、義理の娘が絡む思わぬ事態に人生の基盤を揺るがされる。至るところで老いと若きが交錯し、衝突し、そこからドラマが生まれている。

シュリンク自身の人生を反映するかのように、主人公がドイツとアメリカを往還する話もいくつかある。「ダニエル、マイ・ブラザー」ではアメリカに恋人のいるドイツ人男性が出てくるし、「姉弟の音楽」のフィリップはアメリカで高等教育を受けて帰ってくる。「記念日」のカップルは、長期休暇をアメリカで過ごしている。アメリカがごく身近な場所として選ばれていることに注目したい。飛行機で大西洋を越えるときの気持ちなどが書かれていると、シュリンクもこんな気持ちになることがあるのだろうかと、想像してしまう。

もう一つ、個人的なできごとを投影しているように感じられるのが、「ダニエル、マイ・ブラザー」の兄弟の話だ。実はシュリンク自身も二〇一八年に実兄を亡くしている。享年七十八歳だった兄のヴィルヘルム・シュリンクは、この短篇に出てくる「兄」と同じく美術史の専門家であった。もちろんこの短篇自体はフィクションであり、実在の兄の死の顛末が書かれているとは思わないが、兄に対する弟の気持ちや、エルトン・ジョンの歌に涙するところなどに、シュリンク自身の気持ちが滲み出てはいないだろうか。そんなことを考えながら、翻訳していた。

登場人物たちが作者と同じく年を取っていく点など、等身大の物語であり、男性の主人公が往々にして逡巡し、悩みまくるところも、シュリンクらしさ全開である。ドイツのある新聞では「人生の秋」という言葉で本書を評していたが、まさにそんな秋の、色調豊かな紅葉に彩られた山を歩いているような気分になれる短篇集だ。死の影が差すことはあっても、絶望して立ち止まるわけではない。思い出を大切にし、自らの現在地を確認していく。シュリンクの短篇には、そんな潔さもあるような気がする。
翻訳にあたっては、新潮社編集者の前田誠一さん、校閲の井上孝夫さん、エージェントのマイケ・マルクスさんに大変お世話になった。ここに記して、感謝の気持ちを伝えたい。

二〇二二年十月

松永美穂

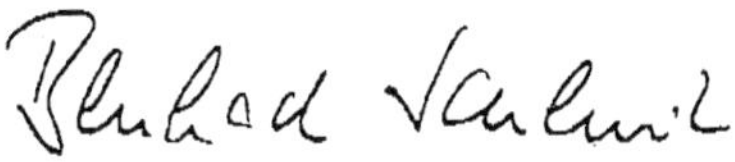

Abschiedsfarben
Bernhard Schlink

別《わか》れの色彩《しきさい》

著 者
ベルンハルト・シュリンク
訳 者
松永　美穂
発 行
2023年2月25日

発行者　佐藤隆信
発行所　株式会社新潮社
〒162-8711 東京都新宿区矢来町71
電話 編集部 03-3266-5411
読者係 03-3266-5111
https://www.shinchosha.co.jp

印刷所
株式会社精興社
製本所
大口製本印刷株式会社

ISBN978-4-10-590186-8 C0397

オルガ

Olga
Bernhard Schlink

ベルンハルト・シュリンク
松永美穂訳

北の果てに消えた恋人、言えなかった秘密。
貧しい出自も身分差も乗り越え、
激動の20世紀ドイツを駆け抜けた女性オルガ。
その毅然とした生き方を描いた長篇小説。

CREST BOOKS